Matthew Sweeney

DER SCHATTEN DER EULE

Gedichte

Aus dem Englischen
von Jan Wagner

Hanser Berlin

Die englische Originalausgabe erschien 2020 unter dem Titel
Shadow of the Owl bei Bloodaxe Books in Hexham, Northumberland.

1. Auflage 2021

ISBN 978-3-446-27109-8

Umschlag: Anzinger und Rasp, München
Motiv: © GeorgePeters
Satz: Sandra Hacke, Dachau
Druck und Bindung: Friedrich Pustet, Regensburg
Printed in Germany

FSC
www.fsc.org
MIX
Papier aus verantwortungsvollen Quellen
FSC® C014889

DER SCHATTEN DER EULE

Vorwort

Im Oktober 2017 wurde eine Motoneuronerkrankung bei Matthew Sweeney festgestellt; er starb nur zehn Monate später im August 2018. Die meisten Gedichte dieses Bandes wurden während jener Zeit geschrieben, und es wirkt von heute aus betrachtet so, als sei seine gesamte poetische Existenz – er veröffentlichte zu Lebzeiten zwölf eigenständige Bände – nur Vorbereitung für diese letzte Arbeit gewesen.

Ein Langgedicht, »Die Eule«, ist der Kern, aus dem dieses Buch entstand. Die zwölf Strophen des Gedichts wurden an ebenso vielen Abenden im September 2017 geschrieben, als Matthew auf die endgültige Diagnose wartete. Um seine Angst zu verarbeiten, stellte er sich eine bedrohliche Eule vor, die Nacht für Nacht zum Garten kommt, sich aber nicht zu erkennen gibt und sich weigert, ihre Nachricht zu überbringen. Matthew wusste nicht, wohin das Gedicht ihn führen würde, aber die Gewohnheit, stets direkt aus dem Unbewussten heraus zu schreiben, war ihm eine Hilfe, während er Abend um Abend da saß und seine Verzweiflung in Episoden um jene schweigsame Eule verwandelte. Das Gedicht erwies sich als prophetisch: Als die Diagnose endlich eintraf, am Nachmittag des 11. Oktober 2017, wurde sie von einem nicht in Erscheinung tretenden Neurologen am Mobiltelefon übermittelt. Matthew war beim Buchmacher, als der Anruf kam, und er wankte auf die Straße hinaus; es fehlte nicht viel, und er wäre von einem dicht vorbeifahrenden Auto erfasst worden.

> Glaubte sie, ich könne ewig warten, als wäre ich
> ein Fels? Ich schnitt etwas Cheddar und Brot auf,
> öffnete die Hintertür, trat hinaus. Der Mond
> wandte mir sein großes Auge zu, ich sah ihn schwanken.
> Die Sterne summten mit. *Wo gehe ich hin,*
> schrie ich sie alle an, erhielt keine Antwort.
> Da hörte ich in der Ferne ein schwaches *Huhuhu*, dann

ein *Buhuu. Du feiges Miststück*, brüllte ich und
bedeckte mit Pfeilen die schwarzgewordene Welt.

Während der feige Neurologe es nicht fertig brachte, seinem Patienten in die Augen zu sehen, schreckte der Dichter nicht vor der Aufgabe zurück, die ihn erwartete. In den zehn Monaten, die ihm blieben, schrieb und vollendete er sein letztes Buch, eine Abfolge dunkler Fabeln, Kartographie der Wanderschaft einer glücklosen Gestalt, die von einer ganzen Prozession unsichtbarer Feinde gejagt wird, die ihn tot sehen wollen. Der Dichter schrieb um sein Leben.

Der Aktionsradius wird auf die Gärten und Ufer des River Lee in Cork reduziert, bevölkert von den Katzen und Vögeln der Vorstadt – die wilden, flüchtigen Tage, in denen der Autor durch die unergründlichen Grenzgebiete Ost- und Mitteleuropas navigierte, sind nichts mehr als eine Erinnerung. Aber der imaginäre Spielraum der Gedichte ist unvermindert – ganz im Gegenteil scheint die Person, die in diesen Gedichten auf der Flucht ist, neue Gipfel an Einfallsreichtum zu erklimmen, noch erfinderischer und gerissener werden zu müssen, wenn er – um Haaresbreite – dem schlimmsten aller Tode entrinnen will, wieder und wieder.

Sweeneys ganzer Elan und sein widerborstiger Humor sind in diesen letzten Gedichten enthalten, die, wie immer bei ihm, der nervenaufreibenden Logik von Träumen folgen. Aus dem Traum ist jedoch ein Albtraum geworden, und die Katastrophe, die in allen früheren Büchern kurz bevorstand, ist nunmehr eingetreten. Aber er weiß, wo er Hilfe findet. In einem späten Interview zitierte Matthew die Worte eines Schriftstellers, dessen Werk ihm eines der wichtigsten war:

> In seinem letzten Tagebuch, am 12. Juni 1923, sagte Franz Kafka in Bezug auf seine rasch voranschreitende Krankheit: »Es geschieht, ob du willst oder nicht. [...] Mehr als Trost ist: Auch du hast Waffen.« Die Waffen, auf die er anspielt, sind seine Texte, und mir geht es ebenso wie ihm.

Das Verfahren, das Sweeney im Laufe eines Lebens entwickelt hatte und das es ihm ermöglichte, sein eigenes seltsames *grimoire* oder Zauberbuch zum Schutz gegen die gesamte Bandbreite menschlicher Schrecken und Ängste zu erstellen, war ihm nun von Nutzen. Die Gedichte wurden Waffen im Kampf gegen den ärgsten Feind.

Und doch wird der Leser sich fragen, wie ein Dichter sich angesichts einer solchen Diagnose in seiner letzten, in den wenigen ihm verbleibenden Monaten seines Lebens verfassten Gedichtsammlung all den Geschöpfen der Welt, den Jägern und den Gejagten, mit einer derartigen Zärtlichkeit zuwenden kann, ohne Bitterkeit oder Verurteilung. In einer persönlichen Widmung schrieb der Dichter Ted Hughes am 11. Juli 1995 folgende Worte für Matthew Sweeney: »Wenn du unter Wölfen bist, dann heule und verschlinge.« Wirklich heult Sweeney in diesen Gedichten, aber der Schmerz, der darin seinen Ausdruck findet, rührt daher, dass die Welt zurückgelassen werden muss. Er lebte sein Leben mit außergewöhnlicher Energie und einem großen Verlangen nach allem, was die Welt ihm zu bieten hatte. Mehr als vierzig Jahre lang versuchte er, im Gedicht das Dasein eines Körpers zu erfassen, der gefährdet ist, verurteilt dazu, ohne Karte und Wegweiser durch eine zerstörte, erschreckende Landschaft zu streifen, eines Körpers jedoch, der sich ganz und gar der sinnlichen Freuden der Welt bewusst ist wie auch der eigenen Verletzlichkeit angesichts von deren Verlust. Seine letzten Gedichte sind ebendeshalb erfüllt von einer lyrischen Schönheit, die seiner Trauer über den Abschied entspringt. Bis zu seinem letzten Atemzug aber brannte sein Geist mit großer Strahlkraft, und die Gedichte bezeugen dies.

> Sie behaupten, ich würde noch essen können trotz
> des Schlauches, der aus mir wächst – aber wie schwelgen
> in einem *Wiener Schnitzel* mit dieser Beeinträchtigung?
>
> Nein, das gliche einer Mahlzeit im Zug
> zum schwarzen Lager, einem, dessen abgezehrte
> Überlebende keine siegreiche Armee befreit.

Ich will diesem Zug fernbleiben, so lange ich kann,
trotz all der Ermahnungen, jetzt zuzusteigen.
Ich will ich selbst sein bis zur letzten Minute.

Mary Noonan

THE OWL

DIE EULE

The Owl

1

No one knows where I'm going,
not even me. Although that owl
I heard outside last night might
lead me to the terrain and call out
the custodians so they can
surround and welcome me, or
do whatever they want to do. I won't
speak, won't say my name even if
they try to coerce me, or play
unearthly music, such as sailors
hear far out on the Atlantic, in fog
so thick they venture to climb it
to reach clear sky. Some do and speak
of large blue birds that glide there
silently as ghosts, but those men
return too damaged to speak much
or stay above ground very long.
The owl could tell more, if he wanted
but he won't. And not only that,
he's decided he will never be seen.

Die Eule

1

Niemand weiß, wohin ich gehe,
nicht einmal ich. Obwohl die Eule,
die ich gestern nacht hörte, mich
vielleicht in jene Gegend führen wird
und dort die Wächter herausruft, auf daß sie
einen Kreis um mich bilden, mich willkommen heißen
oder tun, was immer sie wollen. Ich werde
nicht sprechen, nicht meinen Namen nennen, selbst
unter Zwang nicht oder wenn Musik,
die nicht von dieser Welt ist, erklingt, wie Seeleute
draußen auf dem Atlantik sie hören, im Nebel,
der so dicht ist, daß sie ihn erklimmen,
dem klaren Himmel zu. Und die es schaffen,
berichten von riesigen blauen Vögeln, stumm
wie Geister dahingleitend, aber die Rückkehrer
sind zu versehrt, um viel zu reden
oder sich noch lang über der Erde zu halten.
Die Eule könnte mehr erzählen, wenn sie wollte,
aber wird es nicht tun. Und nicht nur das:
Sie hat entschieden, sich niemals blicken zu lassen.

2

I'm happy to honour that, but I'd like
to know what kind of owl he is.
I mean, is he blue, or is he striped
so he can blend with the forest?
Is he tall and white, from the Arctic,
or a pygmy, from further south?
Is he long-eared or spectacled? I want
to hear again the noise he made,
was it a screech, or a staccato *huhuhu*
followed by a deep drawn *whoo,*
or did it sound like wood being sawn?
I am ashamed I paid it no attention.
I did not know then he was a messenger,
albeit a taciturn one. How does he know
me, and why is he so interested? Once
a parrot took stock of me, learnt to speak
my name in exactly the tones I said it in,
mimicked it endlessly and so loudly
that I ran from my laughing friend's house
with my shrill-voiced name hurling after me.

2

Ich gestehe ihr das zu, aber wüßte
doch gern, um welche Art Eule es sich handelt.
Ich meine, ist sie blau, oder ist sie
gestreift, um mit dem Wald zu verschmelzen?
Ist sie groß und weiß, kommt aus der Arktis,
oder ist sie ein Zwerg von weiter unten im Süden?
Langohrig oder mit Brille? Ich will
nochmal diesen Laut hören, den sie gemacht hat,
war es ein Kreischen, ein *Huhuhu*-Stakkato,
gefolgt von einem gedehnten, tiefen *Huuu*,
oder klang es so, als sägte man Holz?
Es beschämt mich, daß ich nicht aufgepaßt habe.
Ich wußte noch nicht, daß sie ein Bote ist,
wenn auch ein schweigsamer. Woher kennt sie
mich, was interessiert sie bloß an mir? Einst
nahm mich ein Papagei ins Visier und lernte,
meinen Namen in meiner Stimmlage zu sagen,
wiederholte ihn endlos und derart laut,
daß ich aus dem Haus meines lachenden Freundes floh,
gejagt von meinem schrill gekeiften Namen.

3

Where does the owl go during the day?
How can he know I'll still be here
when he surfaces? I do take trains –
I go north sometimes, pulled by my past.
I fly to places. Will he know all this
and follow me everywhere? When can I
expect his sounds to morph into spoken
words that I understand and act on,
if I agree with him? But if I decide
to stay put, never leave the bedroom,
will he get fed up standing there
and row away through the night air,
hooting a farewell? I don't think so,
no, this fellow is here for the duration
of my stay on this enormous ball
and could tell right now how long that
will be, and what messy adventures
are still ahead of me, but his trick is
to keep as schtum on such stuff as
the wooden owl on my bedside table.

3

Wo hält sich die Eule tagsüber auf?
Wie kann sie wissen, daß ich noch da sein werde,
wenn sie auftaucht? Ich fahre ja Zug,
reise manchmal nach Norden, meiner Vergangenheit zu.
Ich fliege an Orte. Wird sie all das ahnen,
mir überallhin folgen? Wann darf ich
damit rechnen, daß ihre Laute zu gesprochenen
Worten werden, die ich verstehe, denen ich mich füge,
sofern ich ihr zustimmen kann? Doch wenn ich mich
nicht vom Fleck rühre, das Schlafzimmer nie verlasse,
wird sie es satt haben, nur dazustehen,
hinfortrudern durch die Nachtluft, während
sie ein Lebewohl heult? Eher nicht, glaube ich,
nein, dieser Vogel ist hier für die Dauer
meines Aufenthalts auf diesem riesigen Ball
und könnte hier und jetzt sagen, wie lang das
sein wird und welch verworrene Abenteuer
mir noch bevorstehen, aber sein Trick ist es,
was all das angeht stumm zu bleiben – wie
auf meinem Nachttisch die Eule aus Holz.

4

I've heard stories about owls, how they
appear from nowhere at the edge of things
to sit watching, usually staying silent,
but sometimes uttering a few words in
their night language we don't understand.
That's my fellow, although I don't know him.
Should I leave the house and hold my
right arm out for him to land on and turn
his big eyes on me? As if he'd be so compliant.
Or should I try to forget him, pretend
he's not there in the dark, like a tree
I hadn't noticed growing? Oh, at least
I should stop mentioning him here, but what
else can I write about? Not the journey
I'm taking that I know nothing of, not yet,
and when I do I mightn't feel like writing.
I think the solution might be to buy
a T-shirt with an owl printed on it,
a blue owl, on a yellow shirt, and write
about that small fellow to begin with.

4

Ich kenne Geschichten von Eulen: Wie sie
auftauchen aus dem Nichts, am Rand der Dinge
sitzen und zuschauen, meistens schweigen,
nur hin und wieder ein paar Worte sagen
in ihrer Nachtsprache, die wir nicht verstehen.
Beschreibt meine ganz gut, obwohl ich sie nicht kenne.
Soll ich das Haus verlassen, ihr meinen
rechten Arm als Landeplatz anbieten, damit sie
mich großäugig anstarrt? Als ob sie so folgsam wäre.
Oder soll ich sie einfach vergessen, so tun,
als wäre sie nicht im Dunkel da draußen, wie ein Baum,
dessen Wachsen ich nicht bemerke? Zumindest
sollte ich aufhören sie zu erwähnen, aber
über was soll ich sonst schreiben? Nicht die Reise,
die ansteht, über die ich nichts weiß, noch nicht,
und wenn es soweit ist, will ich vielleicht nicht schreiben.
Die Lösung, stelle ich mir vor, könnte sein,
ein T-Shirt zu kaufen mit Eulenmotiv,
eine blaue Eule auf gelbem Stoff, mich erstmal
mit diesem kleinen Wicht zu befassen.

5

What I want to learn is this – do owls
ever venture inside, to stand on a corner-
table, cock their heads to one side,
and take in completely what's going on?
There are mice here that may be welcome,
but I know my owl would be suspicious.
He'd assume I'd want him inside to see
what he looks like, to make friends with him,
so he'll be kind to me. I could promise
to wear a blindfold and say nothing,
act like I don't know he's there, but I will
know and that's enough. I think I hear
his thoughts and I'm sure he hears mine.
I feel his big eyes on me all the time.
Maybe I should start carrying the wooden
owl around with me, and practise owl noises.
When is he going to tell me what he has to?
I'm not asking for a map, but I'd like to know
where I'm headed, if not where I'll end up.
And I'd like to know it as soon as I can.

5

Was ich wissen möchte, ist dies: Wagen Eulen
sich jemals ins Haus, um auf einem Ecktisch
zu hocken, den Kopf zur Seite geneigt,
und alles zu erfassen, was geschieht?
Es gibt hier Mäuse, das könnte ihr gefallen,
doch ich weiß, daß meine Eule mißtrauisch wäre,
den Verdacht hätte, daß ich nur wissen will,
wie sie aussieht, Freundschaft schließen möchte,
damit sie gut zu mir ist. Ich könnte versprechen,
eine Augenbinde zu tragen, nichts zu sagen,
zu tun, als wüßte ich nicht, sie ist da, und doch
wüßte ich es und das wäre genug. Ich glaube
sie denken zu hören, bin sicher, sie hört mich denken.
Ich spüre ihre großen Augen unablässig auf mir.
Vielleicht sollte ich anfangen, die hölzerne Eule
mit mir herumzutragen, Eulenlaute zu üben.
Wann wird sie mitteilen, was sie mitzuteilen hat?
Ich verlange ja keine Karte, nur will ich
die Richtung wissen (nicht unbedingt das Ziel),
und will sie wissen, so schnell es nur geht.

6

When I say I hear his thoughts, I hear some,
not the important ones. And here's one
of mine – if he ventured inside this house
he'd see something that might intrigue him,
a hand-knitted toilet roll cover, in rings of
purple, red, and white. Like an unknown planet
hanging in the sky. I'd let him have it, take it
back to his nest, or his hollow tree trunk, or his
half-sunken boat. I know he'll assume this
is another example of special pleading,
and I accept that. Would I do better to ignore
him, let him stay out there, like a pine cone
that remains unobserved? I saw my doctor
yesterday, he spoke of the deterioration,
and I felt the owl was hiding in a cupboard,
agreeing with every word. After that I went
to my sister's grave and the owl flew back
to wherever he's been ordered to lurk
while observing me. Maybe I should feel
privileged to have his full-time attention.

6

Wenn ich ihre Gedanken höre, dann nur ein paar,
und nicht die wichtigen. Aber hier ist einer
von meinen: Wagte sie sich in dieses Haus,
dann fände sie etwas, das sie fasziniert,
eine handgestrickte Klopapierhaube, mit Streifen
in Lila, Rot und Weiß. Wie ein neuer Planet,
der im Himmel hängt. Sie dürfte ihn behalten, mit
ins Nest nehmen, ihren hohlen Stamm, ihr
halb versunkenes Boot. Mir ist klar, sie wird das
für ein weiteres Beispiel meiner Bittstellerei halten,
ich sehe es ein. Vielleicht besser die kalte Schulter,
daß sie dort draußen bleibt wie ein Pinienzapfen,
den niemand beachtet? Gestern war ich
beim Arzt, er sprach von der Verschlechterung,
und mir war, als versteckte die Eule sich im Schrank,
stimmte jedem Wort zu. Danach ging ich
zum Grab meiner Schwester, und die Eule flog dorthin
zurück, wo ihr zu lauern befohlen war, und
beobachtete mich. Vielleicht sollte ich ihre ungeteilte
Aufmerksamkeit als Privileg empfinden.

7

This morning I captured a beetle climbing
the parsley. I put him in an empty matchbox,
wondering what the owl thought of this.
Would it impact what might be unfolding?
I doubted this. I slipped on some spidery jazz
that I knew would annoy the owl. He needed
to be in control. I ground coffee beans
and made espresso. The aroma wafted through
the house. I freed the beetle to explore
the table, and when it wandered off the edge
I let it. I'm sure it survived, but I'm not bothered,
just as I know the owl doesn't care about me.
We are thrown together, all of us, by winds
that come here from far-off worlds. I sipped
my coffee, humming the tune spun through
the jazz, and I felt quite well for the first time
in weeks, even months. Was the owl watching –
had he been in contact with the beetle?
And what was their collective verdict on me?
Did it add up to more negative evidence?

7

Heute morgen fing ich einen Käfer, der die Petersilie
emporstieg, tat ihn in eine Streichholzschachtel
und fragte mich, was wohl die Eule davon hielte.
Würde es sich auf den Lauf der Dinge auswirken?
Wohl kaum. Ich legte spinnwebigen Jazz auf,
der die Eule zweifellos nervte. Sie mußte
die Dinge im Griff haben. Ich mahlte Kaffeebohnen,
machte mir einen Espresso. Der Duft zog
durchs Haus. Ich ließ den Käfer frei, ließ ihn den Tisch
erkunden, dann hinterm Rand verschwinden.
Ich bin sicher, er hat's überlebt, doch es ist mir egal,
wie auch die Eule, klar, sich nicht um mich schert.
Wir werden allesamt zueinander gefegt von Winden,
die aus weit entfernten Welten kommen. Ich nippte
Espresso, summte die Melodie, die den Jazz
durchwirkte, fühlte mich zum ersten Mal seit Wochen,
seit Monaten ganz wohl. Sah die Eule zu –
hatte sie Kontakt zum Käfer gehabt? Zu welchem
Urteil waren die beiden gekommen? Lief es
auf noch mehr belastende Beweise hinaus?

8

OK, I'm blanking him. I watched a crow today,
really admired how he operated, looking
after the young ones, his partner, none of
this spying on others. I've decided I don't like
owls, their self-absorption, or their nosiness
about people. I know which I'd rather be.
And I don't have to deal with a crow stalking me.
The owl would laugh about these thoughts.
He's been given the task of waiting to release,
when he can, exactly what I need to know
or what he can reveal. I admit he's not easy
but, shit, he's the dumb card I've been dealt
and I have to pretend I like him. Can I ask him
about the Oxford and Cambridge rowers,
or about the hairdressers the Louisianans use,
or the tiger cubs that Texans keep as pets?
The owl would make mincemeat of them all.
I wish he would hoot another noise to me.
I might even acknowledge his importance,
given my situation, but I won't reveal anything.

8

Schön, ignoriere ich sie. Ich sah heute eine Krähe,
bewunderte ihr Verhalten, wie sie sich um
den Nachwuchs kümmert, den Partner, nicht andere
ausspioniert. Ich habe beschlossen, daß mir
Eulen nicht liegen, ihre Selbstbezogenheit und das
Hinterherschnüffeln. Ich weiß, was ich lieber wäre.
Es ist keine Krähe, die mich als Stalker auf Trab hält.
Die Eule würde über solche Gedanken lachen.
Ihr Auftrag ist es zu warten, dann zu übermitteln,
wenn sie Gelegenheit hat, was ich wissen muß
oder was sie preisgeben kann. Sie ist nicht ganz einfach,
aber, verdammt, nun einmal das Los, das mir zufällt,
und ich muß so tun, als ob ich sie mag. Nimmt sie Fragen
nach den Ruderteams von Oxford und Cambridge an,
nach den Friseuren, die man in Louisiana besucht,
oder den Tigerjungen, die Texaner als Haustiere halten?
Die Eule würde sie alle zu Hackfleisch machen.
Ich wünschte, sie würde mir noch mal ihr Heulen schenken.
Ich würde vielleicht sogar zugeben, wie wichtig sie ist,
angesichts meiner Lage, und ich behielte alles für mich.

9

I felt the presence of the owl last night –
he was in the room with me. Not literally,
he appeared in a dream, where a blue van
struggled up an icy road, before sliding back,
in a horrible, wriggling way, to what felt
like an end. I'm not sure how it seemed so.
And I can't say where the owl was in this
little film, except he was definitely there.
This morning I came down the stairs,
expecting some sign from him. I found
a few brown feathers on a white plate
on the kitchen table. OK, then, he must be
a brown owl, but why donate some feathers,
and what did these denote? I made coffee,
then put on a CD of Anouar Brahem's oud
that seemed to suit the moment. And I
decided it was the time to poach two eggs
to serve on top of two slices of rye bread
while I primed the espresso machine again
and asked myself what the owl was saying.

9

Gestern nacht spürte ich die Gegenwart der Eule –
sie war mit mir im Zimmer. Nicht in Wirklichkeit,
nur im Traum, in dem ein blauer Lieferwagen
sich eine vereiste Straße hinaufmühte, dann zurückrutschte
auf eine furchtbare, schlingernde Art, auf etwas zu, das
ein Endpunkt zu sein schien, keine Ahnung, wieso.
Und ich vermag nicht zu sagen, wo die Eule steckte
in diesem Kurzfilm, nur daß sie zweifellos da war.
Am Morgen, als ich die Treppe hinunterstieg,
rechnete ich mit einem Zeichen und fand
ein paar braune Federn auf einem weißen Teller
auf dem Küchentisch. Gut, dann muß es wohl
eine braune Eule sein, doch weshalb diese Federnspende,
und was sollte sie bedeuten? Ich machte Kaffee
und legte eine CD mit Anouar Brahems Oud auf,
die dem Augenblick angemessen schien. Und ich
entschied, daß es Zeit war, zwei pochierte Eier
auf zwei Scheiben Roggenbrot zu servieren,
während ich erneut die Espressomaschine anwarf
und mich fragte, was die Eule wohl sagen wollte.

10

Those feathers were gone from the plate
when I went back for them, this evening,
so I wondered if maybe I'd imagined them,
or if they'd fluttered up from the eggs
before I'd poached them. That doubt was
caused by the owl, I was sure – I'd made him
careless, and he was recovering his poise,
his control. And I was back in the place
where I knew nothing, where he liked me to be.
I opened the door and stood there, listening,
but no owl sound came. Then a bat just barely
avoided my head, and glided towards the moon.
I stood watching this leathery fellow, then
closed the door, and opened some wine.
How much did the owl control? Would I
be attacked by a rat tonight while I slept,
not savagely, but enough to terrify me?
Or would cockroaches swarm on my duvet,
clicking enough to wake me? The idea being
that these would render me so punch-drunk
I'd welcome whatever the owl had to say.

10

Jene Federn waren vom Teller verschwunden,
als ich heute abend nach ihnen sehen wollte;
hatte ich sie mir vielleicht nur eingebildet,
oder hatten sie sich nur von den Eiern gelöst,
bevor ich sie pochierte? Diesen Zweifel hatte
sicher die Eule gesät – ich hatte sie unvorsichtig
werden lassen, nun gewann sie an Selbstvertrauen,
an Halt. Und ich war wieder an dem Punkt,
wo alles ungewiß war, wo sie mich haben wollte.
Ich öffnete die Tür und stand da, lauschte –
kein Eulenlaut. Dann verfehlte eine Fledermaus
meinen Kopf nur um ein Haar, glitt Richtung Mond.
Ich stand und sah diesem ledernen Kerlchen nach,
schloß die Tür, entkorkte eine Flasche Wein.
Wieviel Einfluß hatte die Eule? Würde ich
heute nacht im Schlaf von Ratten attackiert,
nicht allzu wütend, doch genug, um mich zu erschrecken?
Oder würden Kakerlaken über meine Decke schwärmen,
leise knackend, bis ich erwachte? Mit dem Hintergedanken,
daß ich von alldem wie benommen wäre,
empfänglich für die Eule und ihre Botschaft.

11

I spent the morning drawing owl after owl
on bits of paper, and after I'd got somewhere
near a proper depiction, I found a black marker
and reproduced this on an A2 drawing page
which I Pritt-Sticked onto the gable wall, then
I dug out my old black bow and four arrows
and unleashed these into the body of the owl.
I knew I was being provocative, maybe even
launching an act of war, but I could take no
more, and couldn't see what I had to lose.
The owl clearly was unmoved by this, so I
repeated the desecration four times over
till the drawn owl looked machine-gunned,
whereupon I flung the bow down on the grass
and went in to pour a large glass of *Talisker*
for the first time in months, if not years.
It still tasted good. I slipped on *Kind of Blue,*
which always chilled me, and lay on the sofa
with my shoes kicked off, and the curtains
wide open. I thought, let the owl do his worst.

11

Einen Vormittag lang malte ich Eule um Eule
auf Papierfetzen; als ich ziemlich nah dran war
an einer naturgetreuen Abbildung, nahm ich schwarzen Marker
und übertrug das Bild auf DIN-A2-Format,
klebte es mit Uhu an die Giebelwand, kramte
den alten schwarzen Bogen und vier Pfeile hervor
und ließ sie auf den Eulenkörper prasseln.
Eine Provokation, keine Frage, vielleicht gar
ein kriegerischer Akt, doch ich hielt es nicht
mehr aus, hatte eh nichts zu verlieren.
Die Eule ließ dies offenbar kalt, also
wiederholte ich die Schändung vier weitere Male,
bis die Zeichnung aussah wie von Kugeln durchsiebt,
woraufhin ich den Bogen auf den Rasen warf
und hineinging, mir ein großes Glas *Talisker* gönnte,
den ersten seit Monaten oder sogar seit Jahren.
Er schmeckte noch immer. Ich schob *Kind of Blue* rein,
das mich immer beruhigte, lag auf dem Sofa
und streifte die Schuhe ab, alle Vorhänge
weit offen, dachte: Soll die Eule tun, was sie will.

12

When the dark came, I lurked in the kitchen,
bow in hand, arrows in the quiver that hung
from my left shoulder, like the Robin Hood
I wanted to play in the school pantomime –
I got Little John instead! I kept looking out at
the dark garden, wondering if I should be there,
waiting to fire arrows at any sound or movement.
Why did I want to kill the owl? He hadn't given
me the news I dreaded, but he'd stayed silent.
That was more than I could bear. I poured a
glass of Malbec and put on a CD of Baltic jazz.
Did he think I could wait forever, as if I were
a rock? I sliced some cheddar and a heel of bread,
opened the back door and went out. The moon
turned its big eye onto me, and I saw it wobble.
The stars hummed along. *Where am I going?*
I shouted at all of them. There was no response.
Then far off, I heard a faint *huhuhu* followed by
a *whoo. You cowardly bastard!,* I roared, and
sprayed the arrows all over the blackened world.

12

Als die Nacht anbrach, lauerte ich in der Küche
mit meinem Bogen, mit den Pfeilen im Köcher
über der linken Schulter wie der Robin Hood,
den ich im Schultheater hatte spielen wollen –
es reichte für Little John! Ich starrte hinaus zum
dunklen Garten – sollte ich lieber dort sein,
beim geringsten Laut oder Huschen Pfeile feuern?
Weshalb wollte ich die Eule töten? Sie hatte nicht
die befürchtete Nachricht gebracht, doch geschwiegen.
Das war mehr, als sich aushalten ließ. Ich goß mir
ein Glas Malbec ein, legte baltischen Jazz auf.
Glaubte sie, ich könne ewig warten, als wäre ich
ein Fels? Ich schnitt etwas Cheddar und Brot auf,
öffnete die Hintertür, trat hinaus. Der Mond
wandte mir sein großes Auge zu, ich sah ihn schwanken.
Die Sterne summten mit. *Wo gehe ich hin*,
schrie ich sie alle an, erhielt keine Antwort.
Da hörte ich in der Ferne ein schwaches *Huhuhu*, dann
ein *Buhuu. Du feiges Miststück*, brüllte ich und
bedeckte mit Pfeilen die schwarzgewordene Welt.

THE SEQUENCE

DIE SEQUENZ

The Albatross

Well, I tried to walk the tightrope over
the ravine, but I fell in. Luckily, I only
broke my left big toe, and the snakes
didn't get to me before the albatross
pounced and brought me to the island
where I lay on the black sand under the sun,
tholing the pain by whistling that hornpipe
I could never dance to, even back when
I was winning medals in any Feis I entered.
The albatross perched on a rock, staring.

I could see he was wondering what he'd saved,
but he was happy to leave me where I was.
I removed my blue hat from my head and
limped over to put it on his feathered crown.
He didn't try to stop me, and after a minute
he took off and flew out over the bay,
keeping low, as if he thought the blue hat
might make the fish curious. Not then,
but maybe later. And when he returned he
sat on my foot, and the pain seeped away.

Der Albatros

Versucht habe ich es, auf dem Seil über die Schlucht
zu balancieren, doch stürzte ich ab. Zum Glück
brach ich mir nur den linken großen Zeh, und die Schlangen
schafften es nicht bis zu mir, bevor der Albatros
herabstürzte und mich hin zur Insel trug,
wo ich auf schwarzem Sand unter der Sonne lag,
den Schmerz linderte, indem ich auf der Hornpfeife spielte,
zu der ich nie tanzen konnte, selbst damals nicht, als ich
Medaillen gewann bei jedem *Feis*, an dem ich teilnahm.
Der Albatros kauerte auf einem Fels und glotzte.

Offensichtlich fragte er sich, was er da gerettet hatte,
aber er war es zufrieden, daß ich saß, wo ich saß.
Ich nahm den blauen Hut vom Kopf und humpelte
zu ihm, um sein gefiedertes Haupt mit ihm zu krönen.
Er wehrte sich nicht dagegen, und eine Minute später
hob er ab und flog in die Bucht hinaus,
sehr tief, als glaubte er, der blaue Hut
werde die Fische anlocken. Tat er nicht,
aber vielleicht später. Und als er zurückkehrte,
saß er auf meinem Fuß, und der Schmerz verschwand.

The Director

The Director sat on top of the stepladder,
pointing at the cliff. *Go there,* he said –
*march, but like a beaten soldier, not a
conquering one. And make your clothes
look like a uniform.* He let his loudhailer
hang from his neck, as I pinballed his last
instruction around my head. So my clothes
now had to act too? I didn't remember
this scene from the script, and where were
the rest of the cast, not to mention the film
crew? I looked quizzically at the Director,
then at the fat sun in the sky. Two gulls
on a rock laughed at me. I glanced around
to see if anyone was behind me then set off
walking, slouching towards the clifftop.
Don't seem so half-dead said the voice behind
me, *Retain some element of a march.* I did
my best to carry out his wishes, all the while
aware I was nearing the cliff. Already I could
see the big waves below. I stopped at the edge
but the shouts urged me on, so I turned,
and there he was dancing on the top of
the stepladder, looking as excited as a boy
witnessing a kitten being decapitated.

Der Regisseur

Der Regisseur saß oben auf der Trittleiter
und zeigte Richtung Steilwand. *Geh dorthin*, sagte er –
*marschiere, doch wie ein geschlagener Soldat, nicht
ein siegreicher. Sorge dafür, daß deine Kleidung
wie eine Uniform aussieht.* Seine Flüstertüte
hing am Hals, und ich flipperte seine letzte
Anweisung durch meinen Kopf. Sogar die Kleidung
sollte nun also schauspielern? Ich entsann mich nicht,
diese Szene im Drehbuch gelesen zu haben, und wo war
der Rest des Ensembles, ganz zu schweigen vom Film-
team? Ich blickte fragend zum Regisseur,
dann zur properen Sonne im Himmel. Zwei Möwen
auf ihren Felsen lachten mich aus. Ich wandte mich um,
zu sehen, ob jemand hinter mir war, zog dann los,
ging, schlurfte Richtung Klippenscheitel.
Versuche, nicht so halbtot zu wirken, sagte die Stimme
hinter mir: *Denke daran, zu marschieren*. Ich gab
mein Bestes, um ihn zufriedenzustellen, immer im Wissen,
daß ich mich der Klippe näherte. Schon sah ich
die großen Wellen tief unten, hielt inne am Rand,
doch die Rufe trieben mich an. Ich drehte mich um,
und da war er, tanzte ganz oben auf
der Trittleiter, wirkte aufgeregt wie ein Junge,
der zusieht, wie ein Kätzchen enthauptet wird.

The Target

Tie me down to the target on the ground.
I watched you assemble it all afternoon,
and you did it well. First a perfect circle
of dried oxblood, then a smaller circle of
crushed, blanched almonds, then pulverised
wolfsbane – a ring of the perfect blue –
and next your secret mixture of buttercup
and turmeric. And finally, in the middle, an
orb of the most scented, brightest paprika.
I approved it all loudly, and I'm hard to please.

If I stretch out flat, I'll fit in the red centre.
Fasten my wrists and ankles to the iron pegs
with leather thongs, and please tie a green
blindfold over my eyes. I don't want to see
the two-seater glider home in on me, until
it gets so close that the woman at the back
stands up with her bow, pulls the taut string
to her shoulder, and zings an arrow into my heart.
I know she won't miss. Now what about a blast
of jazz? I'm sure you have a wine I'd enjoy.

Die Zielscheibe

Binde mich an die Zielscheibe auf dem Boden.
Ich sah, wie du sie am Nachmittag arrangiertest,
und zwar sehr gut. Zunächst ein perfekter Kreis
aus getrocknetem Ochsenblut, dann ein kleinerer Kreis aus
gemahlenen blanchierten Mandeln, dann pulverisierter
Eisenhut – eine Ahnung von blauestem Blau –,
hernach deine Geheimmischung aus Butterblume
und Kurkuma. Und zuletzt in der Mitte ein Auge
vom aromatischsten, leuchtendsten Paprika. Ich lobte
all das in höchsten Tönen, und ich bin nicht schnell zufrieden.

Wenn ich mich hinlege, passe ich ins rote Zentrum.
Fessle meine Handgelenke und Knöchel mit Lederriemen
an die Eisenpflöcke, und bitte: Verbinde mir die Augen
mit einem grünen Tuch. Ich will nicht sehen,
wie das Zweisitzersegelflugzeug auf mich zuhält, bis
es nah genug ist, die Frau im Heck aufsteht
mit ihrem Bogen, die straffe Sehne bis zur Schulter
spannt und einen Pfeil in mein Herz jagt. Ich weiß,
sie vermasselt es nicht. Wie wäre es jetzt mit etwas
Jazz? Du hast bestimmt einen Wein, der mir schmeckt.

The Assassins

I was asleep in the hammock when the dog's
barking woke me. What was bugging him?
Then I spied at the corner of the field a man
in pirate costume with a black eyepatch
walking towards me, pointing a blunderbuss.
From the opposite corner came another man
in a slick SS uniform, brandishing a silver Luger.
A cough turned my head around to witness
a woman dressed as a Wild West prostitute,
holding a cocked Derringer. The fourth corner
hosted its own little drama: a small white horse
pulling a carriage laden with a Gatling gun,
and a man in Confederate garb who quickly
turned the super-weapon around to aim at me.
I was cornered, literally. Were these my
assassins? Why the theatrics, were they all
unemployed actors? Was my dog really a dog?
I looked at the pine tree that rose at my feet –
should I leap at it and shin like a monkey?
No, I'd then get as perforated as the border
between stamps. But had any of these clowns
ever fired a gun? I lay back on the hammock,
closed my eyes and waited, but no shots came.
When the dog came to lick me we were alone.

Die Mörder

Ich schlummerte in der Hängematte, als das Bellen
des Hundes mich weckte. Was beunruhigte ihn?
Dann sah ich in einer Ecke des Felds einen Mann
im Piratenkostüm, mit schwarzer Augenklappe,
der auf mich zukam, Donnerbüchse im Anschlag.
Aus der entgegengesetzten Ecke ein weiterer Mann
in schwarzer SS-Uniform, mit silberner Luger-Pistole.
Ein Husten – ich wandte mich um und sah
eine Frau, verkleidet als Wildwesthure,
die Derringer in der Hand. Die vierte Ecke
bot ihr eigenes Dramolett dar: Ein weißes Pferdchen
zog einen Karren mit Gatling-Kanone darauf,
und ein Mann in Konföderierten-Aufmachung drehte
die Superwaffe ruckzuck um und zielte auf mich.
Ich war umstellt, fürwahr. Sollten dies meine
Mörder sein? Weshalb die Theatralik, waren sie alle
arbeitslose Schauspieler? War mein Hund wirklich ein Hund?
Ich betrachtete die Kiefer, die vor meinen Füßen aufragte –
sollte ich rüberhechten, wie ein Äffchen emporklettern?
Lieber nicht – man würde mich perforieren wie die Naht
zwischen Briefmarken. Doch hatte einer dieser Hampelmänner
je einen Schuß abgefeuert? Ich lehnte mich in die Hängematte
zurück, schloß die Augen und wartete – kein Schuß.
Als der Hund kam, meine Hand leckte, waren da nur wir beide.

The Ancient Crane

This morning I stood at the window
watching an ancient wooden crane,
pulled by a donkey, break down the gate
and rumble up the path, with a cage
dangling from it on a hoist rope, containing
a wolf. Driving it all was a long-eared owl
who sat tall, scowling at me, as if now,
finally, I'd get my deserved come-uppance.

I jumped back into bed to wake properly,
and when I got up again, they were gone.
That owl was a foreigner, probably Mexican
but he didn't exist, I reminded myself.
Wolves were obsolete here, and only in
Greece had cranes been pulled by donkeys,
and that was centuries ago. I needed a lot
of espresso today, and two hard-boiled eggs.

When I was leaving the house, though, I
noticed the gate was damaged, but still
hanging. And a dog-turd lay on the grass
(or was it a wolf turd) plus two speckled
brown feathers nearby on a path-stone.
There were even some flakes of rust visible.
Whistling, I hurried out onto the road,
and buttoned my coat as high as it would go.

Der alte Kran

Heute morgen stand ich am Fenster
und sah zu, wie ein alter Kran aus Holz,
den ein Esel zog, das Tor durchbrach
und den Weg heraufrumpelte, während ein Käfig
an einem Seil an ihm baumelte, und in ihm
ein Wolf. Die Fahrerin des Ganzen war eine Waldohreule,
die aufrecht saß und mich taxierte, als werde ich jetzt,
endlich, meine verdiente Abreibung erhalten.

Ich hüpfte zurück ins Bett, um wirklich aufzuwachen,
und als ich erneut aufstand, waren sie verschwunden.
Jene Eule war eine Fremde, vermutlich aus Mexiko,
aber existierte ja gar nicht, ermahnte ich mich.
Wölfe waren in diesen Breiten ausgestorben, und nur in
Griechenland waren Kräne von Eseln gezogen worden,
und das war Jahrhunderte her. Ich brauchte eine Menge
Espresso heute morgen, und zwei hartgekochte Eier.

Als ich aber aus dem Haus ging, fiel
mir auf, daß das Tor beschädigt war, wenn auch
noch eingehängt. Und ein Hundehaufen lag im Gras
(oder war es ein Wolfshaufen?), dazu zwei
gesprenkelte braune Federn auf einer Wegplatte.
Sogar ein paar Krumen von Rost waren zu sehen.
Pfeifend eilte ich auf die Straße hinaus
und knöpfte den Mantel zu, so hoch wie nur möglich.

The Exit

At first it seemed perfect: the green sea,
and a silver pony bounding towards me, as if he
was waiting to carry me anywhere in the world.
He bit me, though, took an apple chunk out of my arm,
where the blood spurted. I should have run away,
but where would I go? The road I'd escaped on
stopped dead, leaving a field where nothing grew
except marram grass. And I saw sheep eyeing me,
while baring their teeth, and crows circling in the sky.
And suddenly, out of some concealed loudspeaker,
came cackling laughter, loud enough to be heard
on the island, where they'd captured me five days
before, when I was playing chess with myself on
the tiny pier, a glass of beer warming on the wall.
I sat on the ground, covering my eyes and my ears
in turn. In the lull before the next attack (which
would come) I asked myself why I was surprised.
This was surely inevitable, and just what I deserved –
what had I tried to do to stop the teenage suicides,
for example, or girls blocked from getting abortions?
I waited for the crows and the sheep, and worse
surprises, but nothing came. The laughter stopped,
so I opened my eyes. A gate had appeared
two hundred metres away – it was black and tall,
with sculptures of owls on it, and it looked open.
I got to my feet, looking round me. I knew this could
be another trap, and where I ended up could be
worse again but I let my instinct lead me there.

Der Ausgang

Zunächst schien es perfekt: Das grüne Meer
und ein silbernes Pony, das auf mich zuhielt, als hätte es nur
darauf gewartet, mich irgendwohin in die Welt zu tragen.
Stattdessen biß es mich, nahm einen Apfelhaps von meinem Arm,
aus dem das Blut schoß. Ich hätte wegrennen sollen,
aber wohin? Die Straße, auf der ich geflohen war,
endete abrupt, ließ nur ein Feld, auf dem nichts wuchs
als Strandhafer. Und Schafe beäugten mich,
bleckten die Zähne, Krähen kreisten am Himmel.
Und plötzlich drang aus irgendeinem versteckten Lautsprecher
ein meckerndes Lachen, dröhnend genug, um noch auf der Insel
vernehmbar zu sein, auf der man mich fünf Tage zuvor
verhaftet hatte, als ich gegen mich selbst Schach spielte auf
dem winzigen Pier und auf der Mauer ein Bier warm wurde.
Ich saß auf dem Boden, bedeckte abwechselnd Augen und
Ohren. In der Stille vorm nächsten Angriff (der
gewiß war) fragte ich mich, warum mich all das überraschte.
Es war unausweichlich und, keine Frage, genau, was ich verdiente –
was hatte ich unternommen, um Teenagerselbstmorde zu verhindern,
zum Beispiel, was, um Mädchen zur Abtreibung zu verhelfen?
Ich wartete auf Krähen und Schafe, auch bösere
Überraschungen, aber nichts. Das Lachen hörte auf,
ich schlug die Augen auf. Ein Tor war erschienen
in zweihundert Meter Entfernung – es war schwarz und hoch,
mit Eulenskulpturen darauf, und es wirkte offen.
Ich stand auf, sah mich um. Dies konnte, klar,
eine weitere Falle sein und mich in eine noch schlimmere
Lage bringen, doch ließ ich mich leiten von meinem Instinkt.

Crocodile

He was in the river, as if he belonged there,
dawdling in the water with two eyes above it –
twin periscopes that flicked from one bank
to the other. I mean, this wasn't the Zambezi,
but the River Lee! I stopped to stare at him,
and that drew his famished attention to me.
Time to vamoose, I reckoned, hurrying across
the Shakey Bridge, at the end of which I turned
just in time to see him climb onto the bank
and start to wriggle up the steps. Jesse Owens'
run in the Berlin Olympics, 1936, was my model
as I crossed the road and hared past the pub
to my gate, which I firmly rammed shut, then,
after entering, slammed the door of the house.
I positioned myself at the front downstairs
window, half-camouflaged by the curtains,
sipping my glass of water, and sure enough,
two minutes later, Mr Crocodile nudged the gate
open with his snout, and let his little legs
bring him halfway up the path where he lay himself
down to wait. His tail wagged slightly like a dog's.
Was that a smile when he bared his teeth,
or was he simply showing me what daggers
they were? How on earth could I withstand him?

Krokodil

Es war im Fluß, als gehörte es da hin,
dümpelte im Wasser, aus dem zwei Augen herausschauten –
Zwillingsperiskope, die von einem Ufer zum anderen
schnellten. Aber, Herrgott, dies war nicht der Sambesi,
sondern der Lee in Cork! Ich blieb stehen, starrte es an,
und das lenkte seine ausgehungerte Aufmerksamkeit auf mich.
Zeit, die Fliege zu machen, schien mir; ich eilte über
die Hängebrücke, an deren Ende ich mich gerade rechtzeitig
umdrehte, um zu sehen, wie es ans Ufer kletterte,
sich die Stufen hinaufzuschlängeln begann. Jesse Owens'
Lauf bei der Berliner Olympiade 1936 war mein Vorbild,
als ich die Straßenseite wechselte, vorm Pub einen Haken schlug
hin zum Gartentor, das ich verbarrikadierte,
und sobald ich drinnen war, schlug ich die Haustür zu.
Ich bezog meinen Posten am Erdgeschoßfenster
zur Straße hin, halb verdeckt von den Vorhängen,
nippte an meinem Glas Wasser, und wahrhaftig:
zwei Minuten später stupste Mr. Crocodile das Tor
mit der Schnauze auf und ließ sich von seinen Stummelbeinen
bis zur Mitte des Wegs tragen, wo er sich hinlegte
und wartete, leicht mit dem Schwanz wedelnd wie ein Hund.
War das ein Lächeln, als er die Zähne zeigte,
wollte er nur seine Dolche präsentieren?
Wie um alles in der Welt ihm widerstehen?

The Chess Match

I got a phone call to tell me the chess match
was this afternoon, in Fitzgerald's Park.
What chess match?, I asked. Come on, you're
representing your county, the voice said.
My county was at the other end of the island
and I couldn't represent a rock at chess.
And besides there was no big chess set any-
where in the park. I'd seen one in Freiburg
when I was a student – I used to sit and watch
intellectual men wage chess war over hours,
struggling to manoeuvre the giant pieces from one
square to another, while onlookers cheered.
I admit it made chess a spectator sport
but that was in Germany, *Mitteleuropa,*
not a modern Irish city, and I hadn't played
chess in decades. Even so, to my surprise,
I pulled on my black coat and dodo-skin hat
and crossed the Shakey Bridge to the park.
I'd got myself into the mood for a contest.
I thought about asking two young women if
they'd be my supporters, but they wafted by.
Maybe there'd be bus loads of loud people
wearing green and yellow Donegal scarves.
If there was, I missed them, the big chess
set too. I queued for a coffee in the hippy café
as the police car pulled up, siren blazing.
There was a bomb, we were told, we needed
to scarper. So this was yet another trap, I
realised, as I bounced along the riverbank,
like a baboon given a head start by hunters.

Die Schachpartie

Man rief mich an, sagte, daß die Schachpartie
an diesem Nachmittag in Fitzgerald's Park stattfinden werde.
Welche Schachpartie?, fragte ich. Nun kommen Sie schon, Sie
vertreten Ihre Grafschaft, sagte die Stimme.
Meine Grafschaft liegt am anderen Ende der Insel,
und ich könnte im Schach keinen Stein vertreten.
Und zudem gab es nirgendwo im Park große
Schachfiguren, wie ich sie in Freiburg als Student
gesehen hatte – stundenlang saß ich und sah
den Grüblern bei ihren Schachschlachten zu,
sah sie die riesigen Figuren von einem Feld zum
anderen manövrieren, während die Zuschauer jubelten.
Das, stimmt, machte Schach zum Publikumssport,
doch war das in Deutschland, *Mitteleuropa,*
nicht einer modernen irischen Stadt, und ich hatte seit Jahrzehnten
kein Schach mehr gespielt. Und trotzdem überraschte ich mich selbst,
indem ich in den schwarzen Mantel und den Hut aus Dodohaut schlüpfte,
die Hängebrücke überquerte und zum Park ging.
Ich hatte Lust auf einen Wettstreit bekommen.
Ich überlegte, zwei junge Frauen als Fans
zu gewinnen, aber sie schwebten an mir vorbei.
Vielleicht würde es Busladungen von Grölenden
mit grün-gelben Donegal-Schals geben.
Falls ja, so verpaßte ich sie, und das große Schach-
brett auch. Ich stellte mich in die Schlange vorm Hippie-Café,
als ein Polizeiauto mit heulender Sirene vorfuhr.
Es gebe eine Bombendrohung, sagte man uns, wir sollten
uns verkrümeln. Also war auch dies wieder eine Falle, wurde
mir klar, als ich am Flußufer entlanghüpfte
wie ein Pavian, dem die Jäger einen Vorsprung gewähren.

The Angel

I look out the window a lot, while reclining
on the bed. Oh, I turn away when it's raining
but today has been fine. I was watching the birds
flying over the university when I noticed a very
large bird among them, swooping and rising
on the thermals till it changed tack and headed
my way. In fact it came to the house next door
and perched on the chimney. Well, I say *perched*
but stood would be more accurate, for it wasn't
a bird, it was actually an angel, yet it didn't
look like any angel in a Renaissance painting.
No, this fellow came straight from 1950s Britain –
the dark tapered suit, the black suede creepers,
and the hair swept back in a quiff. He was
staring at me – with difficulty, I realised, when
he reached back and took from a haversack
a spyglass which helped him have a good look.
After he was sated he reached back again to
release a grey kestrel which he loosed in my
direction and I watched it come straight as
an arrow to bounce off the windowpane
with a sound like a thunderclap. Poor bird,
I thought, then I said *bad, incompetent angel!*
Was that supposed to be a message for me?
At that, the teddyboy took off and glided over
to smile, then veer away – even the wings
seemed suede, and were grey. I lay back
to make sense of it all, but couldn't, so I
traipsed downstairs to check if the kestrel
was dead, or had been there in the first place.

Der Engel

Ich sehe viel aus dem Fenster, liege dabei
auf dem Bett. Sicher, ich wende mich ab, wenn es regnet,
aber heute war es schön. Ich betrachtete die Vögel
über der Universität, als zwischen ihnen ein besonders
großer Vogel erschien, der herabstieß, aufstieg
mit der Thermik, bis er sich löste und auf mich
zuflog, genauer: er schwebte zum Nebenhaus
und hockte sich auf den Schornstein. *Hockte*, sage ich,
aber *stand* träfe es besser, denn es war
kein Vogel, vielmehr ein Engel, wenngleich er
nicht wie die Engel der Renaissancemaler aussah.
Nein, der Kerl kam direkt aus dem England der 50er –
dunkler taillierter Anzug, schwarze Creepers aus Wildleder
und die Haare zur Tolle zurückpomadiert. Er starrte
mich an – mit Mühe, wurde mir klar, als er
hinter sich langte und aus seinem Rucksack
ein Fernglas zog, das ihm zu besserer Sicht verhalf.
Als er zufrieden war, langte er erneut hinter sich und
holte einen Graufalken heraus, ließ ihn ziehen,
auf mich zu, und ich sah ihn kommen, zielstrebig
wie ein Pfeil, nur um mit dem Geräusch von Donner
am Fensterglas abzuprallen. Armer Vogel,
dachte ich, sagte dann: *Schlechter, unfähiger Engel!*
Sollte das eine Botschaft für mich sein?
Genau da flog der Ted auf, segelte herbei
und lächelte, drehte dann ab – sogar die Flügel
schienen aus grauem Wildleder zu sein. Ich legte mich hin,
um in alldem einen Sinn zu finden, doch ohne Erfolg, also
schlich ich die Treppe hinab, um zu sehen, ob der Falke
tot, ob er jemals da gewesen war.

The Glider

It has snowed all morning, and the city is white
and I see a glider has landed on a neighbour's roof.
This craft, too, is white, with dark yellow moons
on both wings, and on both sides of the fuselage.
The plane sits there on the slope, nose pointing
to the clouds that have gone invisible in the swirls.
There is no pilot sitting in it, and I know for sure
I am meant to play that role, but how do I get
up there, and if I do, what will pull us into the sky?
How indeed has it managed to land so neatly there?
If I'd known about it I'd have stood at the window
all morning, waiting for it. Now I rummage in a
drawer till I find my leather gloves, then I salvage
from the wardrobe that sheep-smelling jumper
I bought in Dingle on a cold New Year's Day, and I
find on the hallstand my old leather jacket, also
my warmest woollen scarf, and on the low shelf,
a chunky knitted hat, and when I'm fully kitted out
I walk out the door to make footprints in the snow,
staring at the glider, waiting to be beamed up there.

Der Segelflieger

Den ganzen Vormittag hat es geschneit, die Straße ist weiß,
und ich sehe ein Segelflugzeug, das auf dem Nachbardach gelandet ist.
Auch dieses Vehikel ist weiß, mit dunkelgelben Monden
auf beiden Tragflächen, beiden Seiten des Rumpfes.
Das Flugzeug hockt da auf der Schräge, die Schnauze
Richtung Wolken, die im Wirbeln unsichtbar geworden sind.
Kein Pilot sitzt in ihm, und ich bin todsicher,
daß diese Rolle mir zufällt, doch wie gelange ich
da hinauf, und wer zieht uns himmelwärts, wenn ich es schaffe?
Was hat ihm überhaupt erlaubt, so gekonnt dort zu landen?
Hätte ich von ihm gewußt, ich wäre den ganzen Vormittag
am Fenster geblieben, wartend. Jetzt wühle ich in einer
Kommode, bis ich die Lederhandschuhe finde, berge
aus dem Kleiderschrank jenen schafduftigen Pulli,
gekauft in Dingle an einem kalten Neujahrstag; ich
finde an der Garderobe meine alte Lederjacke, dazu
meinen wärmsten Wollschal und, auf dem unteren Bord,
eine dicke Strickmütze, und als ich voll bestückt bin,
gehe ich zur Tür hinaus, um Fußabdrücke im Schnee zu machen,
starre den Flieger an, warte darauf, hinaufgebeamt zu werden.

Sweet Song

I was playing melodic jazz that had seeped
all the way from the Baltic when it cut out
to be replaced by a very loud singing that
filled every space in the house. I stood there
espresso cup in hand, thinking I'd never
been hit by anything so sweet, not even
that dawn bird symphony in Maida Vale
after a night of acid. Tears cascaded down
my hairy face. I didn't know the language
of the song but I understood it, and I couldn't
tell if the singer was a man or a woman
or an angel. The melody suggested a being
dancing alone on the moon while meteorites
swirled in slow circles around her head.
Why was I being subjected to this sublime
private recital? How long would it go on?
Should I applaud or would that be crass?
Ruminating like this at a great distance
from the music I went to lie on the carpet.
The song was long, but it kept morphing into
other songs – now it conjured the sea bed,
next the Arctic snow, till finally it stopped
so suddenly I shrieked. The Baltic gang
were at their violining and saxophoning
again but now they sounded like toneless
malevolent dwarves, mired in the world.

Süßes Lied

Ich lauschte melodiösem Jazz, der den ganzen Weg
vom Baltikum bis hierher gesickert war, als er verdrängt
und ersetzt wurde von sehr lautem Gesang, der
jeden Winkel des Hauses erfüllte. Ich stand,
Espressotasse in der Hand, dachte, daß ich nie zuvor
von etwas derart Süßem erschüttert worden war, nicht mal
jene Dämmerungsvogelsymphonie in Maida Vale
nach einer Nacht auf Acid. Tränen flossen über
mein haariges Gesicht. Ich kannte die Sprache
des Liedes nicht, doch verstand sie, und ich wußte
nicht zu sagen, ob der Sänger Mann war oder Frau
oder Engel. Die Melodie deutete auf ein Wesen hin,
das allein mit sich auf dem Mond tanzte, mit Meteoriten,
die langsam kreiselnd seinen Kopf umschwirrten.
Warum wurde mir dieses erhabene, private
Ständchen zuteil? Wie lange würde es dauern?
Sollte ich applaudieren oder wäre dies unangemessen?
Während ich so grübelte, weit entfernt
von der Musik, legte ich mich auf den Teppich.
Das Lied war lang, aber ging immerzu in
andere Lieder über - nun beschwor es den Meeresgrund,
dann den arktischen Schnee, bis es schließlich endete,
so abrupt, daß ich aufschrie. Die baltischen Jungs
waren erneut mit Geige und Saxophon
zugange, klangen aber wie ausdruckslose,
bösartige Zwerge, ganz der Welt verhaftet.

Crucifixion

I was boiling a beetroot when the doorbell rang.
›Who the hell is this?‹, I muttered, marching
to the door. When I opened it the sun was so
bright I only saw silhouettes, but that was enough
for looming over everything was a big black cross.
There were two men, one with the face of a goat,
the other a huge fellow with a fag in his mouth
and sweat on his face from carrying the cross.
The first man grinned, shaking his bag of nails
and patting the hammer in his belt. ›We've come
to carry out your crucifixion.‹ Seeing my reaction
he laughed, ›Don't worry it's all been paid for.‹
The other man had set the cross down, and was
checking out the lawn for the best location.
›Can I ask who's paid for it?‹ I stuttered. ›Surely
there's been a huge mistake.‹ A laugh ensued.
›No mistake, sir. It was your good self exactly
who ordered the happening. See here,‹ he said,
shoving a signed order form into my face. It was
my name all right, but it was a forgery. I pointed
this out, to no avail, so I shouted that was enough.
›Kindly leave this premises immediately, and ask
your giant clown not to forget his cross.‹ I slammed
the door, then wheeled an armchair up against it,
and sat in this, after getting my biggest sharp knife.
I had my mobile primed to call the police, but I
thought I heard the two lumbering down the path,
and a look through the spyhole confirmed this.
I went back to the kitchen to check my beetroot.
It had nearly boiled dry and the water was red.

Kreuzigung

Ich kochte rote Rüben, als es klingelte.
»Wer zum Teufel ist das?« murmelte ich, marschierte
zur Tür. Als ich sie aufzog, war die Sonne
so hell, daß ich nur Umrisse sah, aber deutlich genug
überragte ein großes schwarzes Kreuz alles andere.
Zwei Männer standen da, einer mit Ziegengesicht,
der andere ein Hüne mit Kippe im Mund
und verschwitztem Gesicht vom Schleppen des Kreuzes.
Der erste Mann grinste, schwenkte ein Säckchen mit Nägeln
und tätschelte den Hammer im Gürtel. »Wir kommen
wegen Ihrer Kreuzigung.« Als er mein Gesicht sah,
lachte er: »Keine Sorge, ist alles schon beglichen.«
Der andere hatte das Kreuz abgelegt und suchte
den Rasen nach der günstigsten Stelle ab.
»Darf ich fragen, wer das bezahlt hat?« stammelte ich. »Offenbar
ist da ein schwerer Fehler unterlaufen.« Gelächter.
»Kein Fehler. Sie selbst waren es doch, mein Herr,
der das Ereignis bestellt hat. Hier«, sagte er, hielt mir
einen unterschriebenen Bestellschein vor die Nase. Es war
mein Name, schon wahr, aber eine Fälschung. Ich wies
darauf hin, ohne Erfolg, also schrie ich, es reiche jetzt.
»Verlassen Sie unverzüglich mein Grundstück, und sorgen Sie
dafür, daß Ihr Riesenclown sein Kreuz nicht vergißt.« Ich knallte
die Tür zu, rollte den Sessel zur Verstärkung davor und saß
in ihm, nachdem ich mein großes scharfes Messer geholt hatte,
Telefon im Anschlag, um die Polizei zu rufen, doch mir
schien, ich hörte die zwei den Weg hinuntertrampeln,
und ein Blick durch den Spion bestätigte dies.
Ich ging zurück in die Küche, um nach den Rüben zu sehen.
Der Topf war fast leergekocht, und das Wasser war rot.

Shadow of the Owl

The loudspeaker hidden in the thornbush
is pouring out Sinatra, while a sharp light
comes on above my head, and a flurry of wings
arrives from behind me, and the shadow
of the owl covers me, then recedes into night.

I am sitting here on a log, in the *wee small*
hours of the morning (thanks Frank), reminiscing
about my student days in the Black Forest,
that ghost in the tower, and the pile of bottles
we left behind us following the farewell party.

I can still smell the marijuana, and the wine
I'm now drinking is superior, but I couldn't
fling myself around in a punk-dance like then.
I hear an *uhu,* and another, before the owl's
wings drop their poncho of shadow again.

What does the creature want from me tonight?
I thought he'd done with me, done his worst.
Sinatra is embarking on a song called ›Ill Wind‹.
I empty the bottle and fling it into the dark,
enjoying the smash against the rock. I go in.

Der Schatten der Eule

Dem Lautsprecher in seinem Dornbuschversteck
entströmt Sinatra, während ein scharfes Licht
über meinem Kopf erscheint, ein Flügelgestöber
sich von hinten naht und der Schatten
der Eule mich erfaßt, dann in der Nacht verschwindet.

Ich sitze hier auf einem Baumstamm, in den *trüben, frühen*
Morgenstunden (danke, Frank), denke an
meine Studienzeit im Schwarzwald,
das Gespenst im Turm und den Haufen Flaschen,
den wir nach der Abschiedsfeier hinterließen.

Das Hasch steigt mir noch immer in die Nase, der Wein,
den ich heute trinke, ist Klassen besser, aber jetzt
könnte ich nicht mehr wie damals im Punktanz wirbeln.
Ich höre ein *Huhuh*, dann noch eines, als die Flügel
der Eule mir erneut ihren Schattenponcho überwerfen.

Was will die Kreatur heute nacht von mir?
Ich dachte, sie wäre fertig mit mir, gründlichst.
Sinatra macht sich an ein Lied mit dem Titel »Übler Wind«.
Ich leere die Flasche und schleudere sie ins Dunkel,
genieße den Aufprall am Felsen. Ich gehe hinein.

The New Lighthouse

I made my way to my new lighthouse.
It wasn't easy – the road stopped a kilometre
away, and I had to splash through a marsh.
Then the tide was in, so the outcrop
was submerged. I sat on a stone wall,
thinking this was maybe not the best start.

I was afraid the rusty key was going to snap,
but it gained me entry to dust, cobwebs
and mouse shit. And a smell like the last
inhabitant had died somewhere behind the wall.
I clumped up the circular stairs to the room
where the star of the house, the big light lived.

After a bottle of pils I summoned the courage
to unleash the light. At first the lever stuck,
then relented but not one particle of the blinding
beam soared over the sea. No, it all flooded
in on top of me and I felt like I was under
a giant x-ray that was slowly dissolving my being.

I squirmed away but there was no escape,
and bounding down the stairs I was shown not
one but three human skeletons and a dog's
behind the walls, also an axe, a long knife,
and on the floor, blood that never washed out,
spelling out *Welcome* across the stone slabs.

Der neue Leuchtturm

Ich schlug mich bis zu meinem neuen Leuchtturm durch.
Es war nicht leicht - die Straße hörte einen Kilometer
vorher auf, und ich mußte durchs Sumpfland planschen.
Dann kam die Flut, so daß die Felsnase
überschwemmt war. Ich saß auf einer Feldsteinmauer,
dachte: Vielleicht war das nicht der beste Einstand.

Ich fürchtete, der rostige Schlüssel werde abbrechen,
doch ließ er mich ein zu Staub, Spinnweben
und Mäusescheiße. Und einem Geruch, als sei der letzte
Bewohner irgendwo hinter der Wand gestorben.
Ich trampelte die Wendeltreppe hinauf bis zum Raum,
in dem die Attraktion des Hauses wohnte, die große Leuchte.

Nach einer Flasche Pils nahm ich all meinen Mut zusammen
und entfesselte das Licht. Erst klemmte der Hebel,
gab dann nach, aber kein einziges Teilchen des blendenden
Strahls strich über die See. Mehr noch, es brach einzig
über mich herein, und mir schien, ich stünde unter einem
riesigen Röntgengerät, das langsam mein Dasein auflöste.

Ich entwand mich, aber es gab kein Entkommen,
und während ich die Treppe hinabeilte, sah ich nicht
eines, sondern drei menschliche Skelette und das eines Hundes
hinter den Mauern, dazu eine Axt, ein langes Messer,
und auf dem Boden Blut, das sich nicht wegwischen ließ
und das *Willkommen* über die Steinfliesen schrieb.

The Portrait Painter

She contacted me by email, I didn't respond.
She wrote to me the old way, in red ink –
I crumpled the letter and flung it in the bin.
Then she arrived at the door with her brush,
her easel, her tubes of paint, and enough
canvas to construct a tent. Time for us
to go outside, she said. She snatched a chair
from the kitchen, and forced me to sit on it
with the sun at my back. She set up her
easel and got started. Hours later I asked
for a glass of water. This had to wait
until she needed a break, and I used this
to take a peek at myself. Never in years
of looking in the mirror had I looked like that..
I started thinking of Picasso – those women
he painted, each of whom he loved. But
even though he put their eyes on one side
of their faces, the results were beautiful.
None showed beetles emerging from the mouth,
or scorpions disappearing behind the shirt,
as I'd seen was happening in my portrait.
She took up where she left off, and eventually
declared herself finished, and ecstatic – that
was the word she used. I nodded, then she
invited me to view her work, and was unmoved
when I declined. Smiling, she demanded
wine to celebrate, so I opened a Bordeaux.
I found my cheque book in a kitchen drawer
and paid her, before we bid each other adieu.

Die Porträtmalerin

Sie kontaktierte mich per E-mail, erhielt keine Antwort.
Sie schrieb mir auf die alte Art, in roter Tinte –
ich zerknüllte den Brief und versenkte ihn in die Tonne.
Dann stand sie plötzlich vor der Tür mit ihrem Pinsel,
der Staffelei, den Farbtuben und genug
Leinwand, um ein Zelt zu errichten. Zeit, daß wir
nach draußen gehen, sagte sie, schnappte sich einen Stuhl
aus der Küche und zwang mich, Platz zu nehmen
mit der Sonne im Rücken. Sie stellte ihre
Staffelei auf und fing an. Stunden später bat ich
um ein Glas Wasser, das sie erst zu holen bereit war,
als sie ihrerseits eine Pause brauchte. Ich nutzte dies,
um einen Blick auf mich selbst zu werfen: In all den Jahren
hatte ich nicht so ausgesehen im Spiegel.
Picasso fiel mir ein – jene Frauen,
die er malte und allesamt liebte. Aber
obschon er ihre Augen auf eine Seite
des Gesichts verschob, war das Ergebnis doch schön.
Bei keiner krabbelten Käfer aus dem Mund
oder verschwanden Skorpione hinterm Hemd,
wie ich es auf meinem Porträt gesehen hatte.
Sie machte weiter, wo sie aufgehört hatte, und irgendwann
erklärte sie, sie sei fertig und verzückt – das
war ihre Formulierung. Ich nickte, dann lud sie
mich ein, ihr Werk zu betrachten, behielt die Fassung,
als ich ablehnte. Lächelnd verlangte sie
nach Wein zum Feiern, also öffnete ich einen Bordeaux.
Ich fand mein Scheckheft in einer Küchenschublade
und bezahlte sie, bevor wir einander Lebwohl sagten.

The Gallows

I was woken in the night by loud hammering.
It went on and on. Who had decided to hijack
my sleep and for what pressing reason? On my
fourth cup of tea someone rapped on the door,
making a noise like a machine gun. It was barely
light, for God's sake! I tightened my kimono
around me and went to the door to find a skinhead
in some kind of uniform waiting. He informed me
I was expected down at the river straight away,
He kindly permitted me to get properly dressed.
I had to almost run to keep up with him. Not
a single other word did he utter till we came to
the Shakey Bridge where he stopped and pointed
down to a wooden structure familiar to me
from my dreams. Do you like your gallows? he
said. It's brand new, specially built for you.
I saw a man in a red suit holding a black hood.
The noose hanging above him was white enough
to feature in a TV detergent ad. Already a small
crowd had convened, and more were trickling in.
It was like the old days of the public hangings in
the nearby Gaol. Shall we go down? my guide asked.
I sleepwalked after him and picked my way
through the gawping spectators. The hangman
shook my hand and even gave me a toothy smile
before he slipped the hood over my head,
then helped me up the steps. I felt the noose
go round my neck and tighten a little. This is
finally it, I said to myself as I waited for the click
that released the trapdoor, but this didn't come.

Der Galgen

In der Nacht weckte mich ein lautes Hämmern,
das einfach nicht aufhörte. Wer hatte mir den Schlaf
geraubt, aus welchem dringlichen Grund? Bei meiner
vierten Tasse Tee pochte jemand an die Tür –
ein Lärm wie von einem Maschinengewehr. Es wurde gerade
erst hell, Herrgott! Ich schnürte meinen Kimono
enger und ging zur Tür, wo mich ein Kahlrasierter
in irgendeiner Uniform erwartete, mir mitteilte,
ich hätte umgehend unten am Fluß zu erscheinen.
Er gestattete, daß ich mir etwas Richtiges anzog.
Ich mußte fast rennen, um mitzuhalten, vernahm
kein Wort mehr von ihm, bis er bei der
Hängebrücke anhielt und mit dem Finger
auf eine Holzkonstruktion zeigte, die mir vertraut war
aus meinen Träumen. Gefällt Ihnen Ihr Galgen?,
fragte er. Brandneu, extra für Sie gebaut. Ich sah
einen Mann im roten Anzug, der eine schwarze Haube hielt.
Die Schlinge, die über ihm hing, war weiß genug
für jede Waschmittelwerbung. Schon hatte eine kleine
Menge sich gebildet, weitere Zuschauer kamen hinzu.
Es war wie in alter Zeit bei öffentlichen Hinrichtungen
im nahen Gefängnis. Gehen wir runter?, fragte mein Führer.
Ich schlafwandelte hinter ihm her, schob mich durch
das gaffende Publikum. Der Henker schüttelte mir
die Hand, strahlte mich mit allen Zähnen an,
bevor er mir die Haube über den Kopf streifte,
mir die Stufen hinaufhalf. Ich spürte, wie die Schlinge
sich um meinen Hals legte, zuzog. Das
war's dann, sagte ich zu mir selbst, wartete auf das Klicken,
das die Falltür auslöste, aber nichts geschah.

Five, ten minutes I waited there in silence, then
hesitantly raised a hand to remove the hood
and found myself alone. I was swaying
on the edge of an old wall above the river.

Fünf, zehn Minuten wartete ich in der Stille, dann hob ich zögernd die Hand, um die Haube zu entfernen, und war allein. Schwankend stand ich am Rand einer alten Mauer über dem Fluß.

Butterflies

I haven't seen any butterflies
fluttering above the snow, but
that blackbird with his yellow beak
sitting on the hedge is not the first.
Where are the chunks of bread?
he is silently saying. Not far away
I hear the angry engines, marauding
gangs of gun sleighs, looking for me.
I'm astounded they haven't got here.
I keep waiting for a blast of gunfire –
I know their type, if they can't find
me they'll shoot someone else.
I've never been so happy I'm back
from the main road, up several
small flights of steps. Yeah, as if
that would stop them! I stand at
the window, surveying the white
garden, wondering if I should build
something out there in the snow –
maybe an enormous snow butterfly.
It would be a distraction to master the
coaxing of those big wings together.

Schmetterlinge

Ich habe keine Schmetterlinge gesehen,
die über den Schnee hin gaukeln, aber
die Amsel mit ihrem gelben Schnabel,
die auf der Hecke sitzt, ist nicht die erste.
Wo bleiben meine Brotstückchen?,
fragt sie stumm. Nicht weit entfernt
sind wütende Motoren zu hören, marodierende
Banden mit Artillerieschlitten, die nach mir suchen.
Es verblüfft mich, daß sie nicht längst hier sind.
Ich warte auf die Gewehrsalve –
ich kenne ihre Sorte, wenn sie mich
nicht finden, erschießen sie einen anderen.
Nie war ich so froh, fernab von der
Hauptstraße zu sein, ein paar schmale
Treppen weiter oben. Klar, als ob
das sie aufhalten würde! Ich stehe
am Fenster, blicke hinaus in den weißen
Garten und frage mich, ob ich etwas
bauen sollte aus dem Schnee dort draußen –
vielleicht einen riesigen Schneeschmetterling.
Es wäre eine Ablenkung für mich,
die großen, schmeichelnden Flügel zu gestalten.

An Invitation to Dinner

A sky blue envelope broached the letterbox,
bringing me an invitation (in cursive aquamarine
on a cream card) to a posh-sounding dinner
in a castle I'd never heard of in my part of town.
Yeah, right, I said, flinging the card on the floor
to observe that on the flip side it listed the menu.
I picked the card up again to appraise the fare.
Very interesting, I said to my stuffed hedgehog,
awaking his interest. For starters, either flash-fried
bear liver, or barbecued breast of flamingo.
The main course offered three possibilities, all
enticing. First, there was fillet of whale served
with steamed Tasmanian algae, next warthog curry
with wild forest rice, and finally, soft-shell coconut
implanted with desert vegetables and flowers.
Just the kind of menu that would make me drool.
How did they know? And what were they to me?
I looked at the address again – Castle Mada Rua.
Was it in red brick, then? How had I not noticed it –
unless it didn't exist, and this was an elaborate trap.
Some bad boys went to extreme lengths of ingenuity.
I got my thickest blue pen and wrote in big letters
on a blank page *Thank you, but I don't eat anymore.*
Then I enveloped it, and trudged to the Post Office
to put a stamp on a letter that would arrive nowhere,
before going back to fry an egg with too much cayenne.

Eine Einladung zum Abendessen

Ein himmelblauer Umschlag prangte im Briefkasten,
darin eine Einladung (kursiv, aquamarin auf creme-
farbener Karte) zu einem piekfeinen Abendessen
in einem Schloß in meiner Gegend, von dem ich nie gehört hatte.
Aber klar doch, sagte ich, schleuderte die Karte zu Boden
und bemerkte, daß auf der Rückseite das Menü aufgeführt war.
Ich hob die Karte auf, warf einen Blick auf die Speisen.
Sehr interessant, sagte ich zu meinem ausgestopften Igel
und weckte sein Interesse. Als Vorspeise entweder
kurzgebratene Bärenleber oder gegrillte Flamingobrust.
Drei Hauptspeisen standen zur Auswahl, alle
verlockend. Zunächst das Walfilet an gedämpften
tasmanischen Algen, sodann Warzenschweincurry
mit wildem Waldreis, schließlich Weichschalenkokosnuss,
gefüllt mit Gobigemüse und Wüstenblumen.
Genau die Sorte Menü, die mir den Mund wässrig macht.
Wie konnten sie das wissen? Und woher kannten sie mich?
Ich sah erneut nach dem Absender – Schloß Mada Rua.
War das ein Klinkerbau? Wie hatte ich es übersehen können –
falls es existierte, dies nicht eine ausgeklügelte Falle war.
Manche Schurken gingen so aufwendig wie genial vor.
Ich nahm meinen dicksten blauen Stift und schrieb in Großbuchstaben
Danke, aber ich esse nicht mehr auf ein leeres Blatt.
Ich steckte es in einen Umschlag und trottete zum Postamt,
um einen Brief zu frankieren, der nirgendwo eintreffen würde,
ging nach Hause, wo ich ein Ei mit zu viel Cayennepfeffer briet.

Stench

At first it was burnt toast – well, savagely
burnt toast, the kind where the bread is all black
and snaps into angry crumbs. No amount of
shaking the toaster would yield the offender,
and nor would the smell depart. Next it was
rotten fish – no, rotten octopus (my nose
has always been a detective, unfortunately),
but where can one obtain fresh octopus in Cork?
And if you think that's bad, what about putrefying
minced pork, the kind I buy for Serbian meatballs –
had I stuck it in the fridge and forgotten about it?
There was also the ripe scent of dried ox-blood,
wafts of camel vomit, and a hint of donkey shit.
And last, *la pièce de résistance,* the unmistakable
stench of my own rotting corpse, even though
I was still above ground and able to smell it.
All these smells commingled, like a symphony.
Whoever had masterminded this, I had to take
my trilby off to him or her, and fling it out the door.
I also had to either move out or purchase a gas mask.
The clothes-peg on my nose had begun to hurt me,
the eau de cologne I'd drenched myself in was
evaporating. I felt like digging a hole in the lawn
and sticking my head in, though how that would help
was a good question. I was well beyond my last tether,
when the unexpected happened – the air took on
the pine-charged freshness of a Swedish sauna.
Coughing, I lay on the kitchen floor to digest all this.

Gestank

Zunächst war es verbrannter Toast, also: brutalst
verbrannter Toast, bei dem das Brot komplett schwarz ist
und in wütende Krumen zerbricht. Egal, wie sehr
ich den Toaster schüttelte, der Übeltäter zeigte sich nicht,
und auch der Gestank blieb. Dann war es vergammelter Fisch –
nein, vergammelter Oktopus (meine Nase
war unglücklicherweise schon immer ein Schnüffler),
doch wo ließe sich in Cork schon Oktopus erwerben?
Wenn ihr denkt, das sei schlimm – wie wäre es mit verdorbenem
Schweinehack, wie ich es für serbische Fleischklößchen kaufe –
hatte ich es in den Kühlschrank gelegt und vergessen?
Da war zudem der ausgereifte Duft von getrocknetem Ochsenblut,
Schübe von Kamelkotze und ein Hauch von Eselscheiße.
Schließlich, *la pièce de résistance*, der unverkennbare
Gestank meines eigenen verwesenden Leichnams, obwohl ich
noch über der Erde weilte und ihn riechen konnte.
All diese Gerüche verbanden sich, einer Symphonie gleich.
Wer auch immer dies zuwege gebracht hatte, ich zog
meinen Filzhut vor ihm oder ihr, ließ ihn zur Tür hinaussegeln.
Auch mußte ich entweder ausziehen oder mir eine Gasmaske zulegen.
Die Wäscheklammer auf meiner Nase fing an, mir weh zu tun,
das Kölnisch Wasser, in dem ich gebadet hatte, begann
zu verfliegen. Mir war danach, ein Loch im Garten zu buddeln
und den Kopf hineinzustecken, doch inwieweit das helfen würde,
war die Frage. Ich kroch längst auf dem Zahnfleisch,
als das Unerwartete geschah – die Luft nahm die
kieferngesättigte Frische einer schwedischen Sauna an.
Hustend lag ich auf dem Küchenfußboden, um all das zu verdauen.

The Drawer

I was walking down the corridor.
The sun shone in through the glass
like the smile of a long-loved friend.
It felt good to be on the top floor.

I came to the elevator, pressed
the button that made me imagine
I was blind. The whirring unseen
machinery was, as usual, magical

when it opened the door, only this
time, instead of a compartment
to stand in, I watched a drawer
slide out – it was as big as a bed,

indeed, it was kitted out like that,
with a duvet, sheets and pillows,
and blue lights on its sides flashing
as if giving me a signal to climb in.

No way, José, I said to the wall who
neither agreed nor disagreed with me.
I knew where that drawer was going
and it made sense I was in it, only I

was different – a bolshie bastard
who loathed counselling, plastic tubes,
breathing helps, or belonging to
the stricken. I was going to survive

Die Schublade

Ich ging den Korridor entlang.
Die Sonne schien durchs Fensterglas
wie das Lächeln eines lieben alten Freundes.
Es fühlte sich gut an, im obersten Stockwerk zu sein.

Ich kam zum Fahrstuhl und drückte
den Knopf, der mich mit der Vorstellung spielen ließ,
blind zu sein. Die surrende, unsichtbare
Mechanik war wie immer, magisch,

wie sich die Tür auftat – nur sah ich
diesmal statt einer Kabine, in der
sich stehen ließe, eine Schublade, die
herausglitt – sie war so groß wie ein Bett,

war tatsächlich auch so hergerichtet,
mit Decke, Laken, Kissen
sowie blauen Lampen an den Seiten, blinkend,
als signalisierten sie mir, mich hineinzulegen.

Kommt nicht in Frage, sagte ich zur Wand,
die weder zustimmte noch widersprach.
Ich wußte, wohin die Schublade fuhr,
und es leuchtete ein, daß ich in ihr sein sollte, nur

war ich eben anders gestrickt – ein Dickkopf,
der guten Rat verabscheute, Plastikschläuche,
Beatmungsgeräte, der keiner von jenen sein wollte,
die es erwischt. Ich würde überleben,

but how was I going to get down
if no elevator came. There wasn't a
stairs. Would my belief give me wings
to fly with from an opened window

or would I have to stand here, starving,
peeing myself, for as many days as I'd
need to convince myself to climb into
the bed and let the drawer slide closed?

aber wie sollte ich hinuntergelangen
ohne Fahrstuhl? Ein Treppenhaus gab es
nicht. Würde mein Glaube mir Flügel schenken,
um aus dem offenen Fenster fliegen zu können,

oder mußte ich hier stehenbleiben, hungrig,
eingenässt, so viele Tage wie ich brauchte,
um zur Einsicht zu kommen, ins Bett zu steigen,
auf daß die Tür der Schublade sich schlösse?

The Tube

Golly, a nice man wants to put a tube
into my stomach, and his colleagues
are pleading with me to simply let him.

One woman sat by my bed holding
the harmless little tube, as if the sight
of it would make me say *Yes, stick it in.*

Instead, I continued to be noncompliant.
You might as well be holding a noose,
is what I said. The woman smiled and left.

I lay there and closed my eyes, imagining
all the nourishment that would go through
the tube, reversing my super weight loss.

I would now grow fat as a sumo wrestler,
or as the beer drinker I once was, back when
my illnesses lived in hypochondria county.

I could whizz up *boeuf bourguignon* to
baby food, or even thinner, and pump it in.
I could learn to forget what food tastes like.

They claim I could even still eat, with the tube
sticking out of me, but how could I revel in
a *Wiener Schnitzel* with that encumbrance?

Der Schlauch

Zum Kuckuck, ein netter Mann will mir einen Schlauch
in den Magen stecken, und seine Kollegen
beschwören mich, ihn machen zu lassen.

Eine Frau saß neben meinem Bett und hielt
den harmlosen kleinen Schlauch, als würde sein Anblick
mich sagen lassen: *Aber sicher, schieben Sie ihn rein.*

Stattdessen blieb ich unnachgiebig.
Sie könnten ebenso gut einen Strick halten,
sagte ich. Die Frau lächelte und ging weg.

Ich lag da und stellte mir mit geschlossenen Augen
all die Nahrung vor, die durch den Schlauch
fließen würde, um meinen extremen Gewichtsverlust umzukehren.

Ich würde nunmehr fett wie ein Sumoringer werden,
oder wie der Biertrinker, der ich einst war, als
meine Krankheiten alle in Hypochondrien wohnten.

Ich könnte *bœuf bourguignon* im Mixer zu Säuglingsnahrung
zerkleinern, noch feiner sogar, es dann hineinpumpen.
Ich könnte den Geschmack von guter Küche vergessen lernen.

Sie behaupten, ich würde noch essen können trotz
des Schlauches, der aus mir wächst – aber wie schwelgen
in einem *Wiener Schnitzel* mit dieser Beeinträchtigung?

No, that would be like eating on the train
to the black camp, this one with no skeletal
survivors liberated by a victorious militia.

I want to stay off that train as long as I can,
despite all the exhortations to board now.
I want to be myself till the last minute.

Nein, das gliche einer Mahlzeit im Zug
zum schwarzen Lager, einem, dessen abgezehrte
Überlebende keine siegreiche Armee befreit.

Ich will diesem Zug fernbleiben, so lange ich kann,
trotz all der Ermahnungen, jetzt zuzusteigen.
Ich will ich selbst sein bis zur letzten Minute.

The Sick Bed

›All this time in bed.‹
Kafka, *The Diaries*, 18 December 1922

It's a boat that wants to be a submarine.

It's a seaplane waiting for the deluge.

It's a tent wishing to be a shroud.

It can want all those things, but I'm not interested.
I feel its suction when I come through the door,
but I don't go upstairs. I make for the kitchen,
storm in, play Italian jazz loud, till Enrico
Rava's trumpet blows the blues away.
Yeah, the blues ain't just music no more, man.

And today when I've stayed indoors I treated
myself to a German breakfast – a hard-boiled egg,
small chunks of two different cheeses, rye
bread toasted, and espresso, of course, espresso!
Entschuldigung, heute hatte ich keinen Schinken ...
After which I went up to lie on the bed that was no
sick bed, and it knew it. I took my laptop with me
to write on. I looked out the window at two
magpies courting on a chimney. Yeah, they were.

The bed wants me to be in it always, never leave,
so when I go to pee several times in the night
I feel it getting agitated. No, nothing like rocking,
however gentle. More a mood I sense that manifests

Das Krankenbett

»Die ganze Zeit über im Bett.«
Kafka, *Tagebücher*, 18. Dezember 1922

Es ist ein Schiff, das lieber ein U-Boot wäre.

Es ist ein Wasserflugzeug, das auf die Sintflut wartet.

Es ist ein Zelt, das ein Leichentuch sein möchte.

Es kann all das wollen, mich interessiert es nicht.
Ich spüre seine Anziehungskraft, wenn ich zur Tür hereinkomme,
aber gehe nicht nach oben. Ich eile zur Küche,
stürme hinein, drehe italienischen Jazz auf, bis Enrico
Ravas Trompete die Traurigkeit hinfortbläst.
Ja, der Blues ist nicht mehr nur Musik, mein Freund.

Und heute, als ich zu Hause blieb, gönnte ich mir
ein deutsches Frühstück – hartgekochtes Ei,
zwei Stückchen Käse, verschiedene Sorten, geröstetes
Roggenbrot und Espresso, natürlich, Espresso!
Entschuldigung, heute hatte ich keinen Schinken ...
Danach ging ich hinauf und lag auf dem Bett, das kein
Krankenbett war, und das wußte es. Ich schrieb auf dem
Laptop und sah vorm Fenster zwei Elstern
auf einem Schornstein anbandeln. Oh ja, das taten sie.

Das Bett will, daß ich immer zu Hause bin, nie aufstehe;
ich spüre, wenn ich mehrmals in der Nacht pinkeln gehe,
wie es unruhig wird. Nein, kein Hin-und-Her-Schaukeln,
nicht mal unmerklich. Eher eine Stimmung, die sich in Träumen

itself in dreams I don't like – understatement ...!
Best is to abandon it completely, take an aeroplane
to France maybe, stay a whole week away.
It doesn't believe I should be doing such things.

I had a carpenter grand-uncle who once told me
his favourite creation had been a bed, *whose* bed
I no longer remember – let's say it was a dwarf
who lived in a cave on the sea shore spinning birds
out of gold thread, and these he flung into the air.
Yeah, I know that's a bit fanciful but I don't care.
The bed hates that kind of stuff, and that matters.
Like it disapproves of my writing – my weapons,
as Kafka put it. Well, I won't stop firing them, not
for a long time. I might even write about the bed.

Or should I dash out and buy a tin of yellow paint
and turn the room Van Gogh yellow, bed and all,
even the duvet? The sun might peep through to see it.
Or do I dismantle the bed, take it onto the lawn,
pour petrol on it and transform it into a bonfire?
I bet the smoke would be black. I won't do either.
The bed can stay on here like the serpent it is,
two-faced, as ever. Yeah, I've got its number,
and I will use it how I want to, on my terms.
And there's absolutely nothing it can do about that.

It's a chassis whose wheels have been stolen.

It's a dog kennel that's been knocked out of shape.

It's an escapee from a hospital ward on the moon.

niederschlägt, die ich nicht mag – ich untertreibe!
Am besten wäre, es ganz zu verlassen, nach Frankreich
zu fliegen, zum Beispiel, und eine ganze Woche dort zu bleiben.
Ihm scheint, ich sollte solche Dinge bleibenlassen.

Ich hatte einen Tischler als Großonkel, der mir erzählte,
sein Lieblingswerk sei ein Bett gewesen, *wessen* Bett,
das weiß ich nicht mehr – sagen wir, es war ein Zwerg,
der in einer Höhle am Meer lebte, Vögel
aus Goldfäden spann und sie hoch in die Luft warf.
Schon klar, das ist ein bißchen abstrus, mir doch egal.
Das Bett hasst solchen Kram, und darauf kommt es an.
Wie es auch meine Texte mißbilligt – meine Waffen,
wie Kafka sagte. Nun, ich werde sie weiter abfeuern, noch
geraume Zeit. Vielleicht schreibe ich ja sogar übers Bett.

Oder soll ich loslaufen, einen Eimer gelbe Farbe kaufen
und das Zimmer van-Gogh-gelb streichen, das Bett und alles,
samt Federdecke? Vielleicht wird die Sonne neugierig, läßt sich blicken.
Oder zerlege ich das Bett, schleppe es in den Garten,
übergieße es mit Benzin, entfache ein hübsches Feuerchen?
Ich wette, der Rauch wird schwarz sein. Ich tue nichts dergleichen.
Das Bett kann hierbleiben, Schlange, die es ist,
doppelgesichtig wie immer. Sicher, ich habe es durchschaut,
und das werde ich nutzen, wie ich will, zu meinen Bedingungen.
Und daran kann es rein gar nichts ändern.

Es ist ein Fahrgestell, dem die Räder gestohlen wurden.

Es ist eine ramponierte Hundehütte.

Es ist ein Flüchtling von einer Krankenstation auf dem Mond.

Plum Saké

(for Mary Donnelly and John Mee)

The plum saké was left in a china carafe
with a design of purple flowers on it –
I found it on the low wall as I took the bin out.
One sip was enough to show how good it was
but who'd brought it here? I sat and drank,
slowly as the sunset, wanting more before
it was gone. I left the empty carafe there
and went in. I was imagining swooping in
a glider low over the ocean as I reclined
on the sofa, till the quiet ringing of a bell
brought me out into the garden to see the
carafe was full again. This time I continued
down the path to check if anyone was lurking –
any waiter or waitress in a black kimono, with
a bottle of saké, maybe brandishing a samurai
sword, with a red bowl for my severed head,
but all I met was a blind, three-legged dog.

I returned to the plum saké, and this time,
brought a chair out from the kitchen so I
could savour it better. Where could I buy
this nectar? Would I have to return to Japan?
I heard avian activity, and a long-tailed bird
with a black forehead landed on the gate.
I'd never seen one of these before. I sipped
my saké slowly as the rising moon, closing
my eyes to taste it better. Ages later I nipped in
to the little room and when I came back again
the carafe was full. I offered no complaint,

Pflaumensake

(für Mary Donnelly und John Mee)

Der Pflaumensake war in einer Porzellankaraffe,
mit einem Muster aus violetten Blumen darauf –
ich fand ihn auf der niedrigen Mauer, als ich den Müll rausbrachte.
Ein Schlückchen reichte, um zu wissen, wie gut er war,
aber wer hatte ihn hergebracht? Ich saß da und trank,
langsam wie die sinkende Sonne, wollte mehr, bevor
er alle war. Ich ließ die leere Karaffe stehen
und ging hinein. Ich sah mich in einem Segelflugzeug
flach überm Ozean dahinschießen, während ich mich langmachte
auf dem Sofa, als der leise Klang einer Glocke
mich hinaus in den Garten lockte, wo ich sah,
daß die Karaffe erneut gefüllt war. Ich ging ein Stückchen weiter
auf dem Gartenweg, wollte sehen, ob jemand dort lauerte –
irgendein Kellner, eine Kellnerin, im schwarzen Kimono, mit
einer Flasche Sake und vielleicht mit gezücktem Samurai-
schwert, dazu einer roten Schüssel für meinen abgetrennten Kopf,
aber ich traf nur auf einen blinden, dreibeinigen Hund.

Ich kehrte zum Pflaumensake zurück, brachte
diesmal einen Küchenstuhl mit, um ihn noch mehr
genießen zu können. Wo ließ er sich kaufen,
dieser Nektar? Mußte ich abermals nach Japan reisen?
Ich hörte Fluggeräusche, und ein langschwänziger Vogel
mit schwarzer Stirn landete auf dem Tor.
So einen hatte ich noch nie gesehen. Ich nippte
meinen Sake langsam wie der steigende Mond und schloß
die Augen, um mehr zu schmecken. Äonen später ging ich kurz
zum stillen Örtchen, und als ich wieder herauskam,
war die Karaffe voll. Ich beschwerte mich nicht,

even raised my drink to toast the invisible
supplier, but I knew this was my last one,
I was not stupid. It was almost dark now,
an owl would soon join the bird on the gate.
I whistled a jagged early Tom Waits tune,
then glugged my plum saké down and went in.

erhob sogar mein Glas auf den unsichtbaren
Mundschenk, doch wußte, dies würde mein letztes sein,
ich war nicht blöd. Es war fast schon dunkel,
zum Vogel auf dem Tor würde sich bald eine Eule gesellen.
Ich pfiff eine frühe, schartige Melodie von Tom Waits,
kippte dann den Pflaumensake runter und ging hinein.

OTHER POEMS

ANDERE GEDICHTE

Dubrovnik

What a beautiful city! The trip was daft,
of course – all those hours travelling,
with a surprise stop in Bosnia, and no
passport (I'd left this in the hotel!), to arrive
at the high-up, ancient, walled city called
Stari Grad – somewhere I'd longed to visit.
I had no time to enjoy it, though, or take it in.
I just registered its majesty, sitting above
the Adriatic, like a tiara. What a stupid way
to visit a great city. Better not to have made
the journey, at all – (I remember I'd had to
catch a bus at 6 a. m., and waste the whole
day travelling), but hey, I went there,
spent a couple of ridiculous, aimless hours,
and no one can take this away from me.
No, I can always say I visited Dubrovnik
even if I cannot recommend any music
venues, or restaurants I enjoyed eating in.
I don't care at all if you don't believe me.

Dubrovnik

Was für eine schöne Stadt! Die Reise allerdings
war hirnverbrannt – all die Stunden unterwegs,
ein überraschender Halt in Bosnien und kein
Pass (den hatte ich im Hotel gelassen!), dann die Ankunft
in der hoch aufragenden, uralten, mauerumgürteten Stadt namens
Stari Grad – ein Ort, nach dem ich mich gesehnt hatte.
Es blieb jedoch keine Zeit für Vergnügen und Erkundung.
Ich bemerkte nur ihre Erhabenheit, thronend über
der Adria wie ein Diadem. Welch dämliche Art,
eine herrliche Stadt zu besuchen. Besser, eine solche Reise
überhaupt nicht unternehmen (ich weiß noch, der Bus fuhr
um sechs Uhr morgens, und ich vergeudete den ganzen
Tag mit Reisen), aber schnurz, ich war dort,
verbrachte ein paar lachhafte, ziellose Stunden,
und niemand wird mir das nehmen können.
Nein, ich kann immer behaupten, Dubrovnik besucht zu haben,
selbst wenn ich nichts empfehlen kann, keine Musik-
cafés, kein Restaurant, in dem ich gern gegessen habe.
Es ist mir piepegal, ob du mir glaubst.

The Rain

The rain came down so hard on the dead bodies
it washed the blood away, and the murdered men
looked as if they'd wake, stand up and walk again.
They didn't, as the boy on the stalled motorbike saw,
before chug-chugging off to report his discovery.
First, though, he took five photographs on his phone.

The rain was so heavy he could hardly see the road,
or the llamas that strayed onto it. He even forgot his
favourite thing to eat was grilled llama sweetbreads.
He did know that these pictures would bring him
the reporter's job he'd left school early to procure,
and that he'd be the best journalist of the century.

Der Regen

Der Regen prasselte so heftig auf die Leichen,
daß er das Blut fortwusch und die ermordeten Männer
aussahen, als würden sie erwachen, aufstehen, laufen.
Sie taten es nicht, das sah der Junge auf dem gedrosselten Motorrad,
bevor er davontuck-tuckerte, um von dem Fund zu berichten.
Zuvor aber machte er fünf Aufnahmen mit seinem Telefon.

Der Regen war so stark, daß er die Straße kaum sah,
auch nicht die dort umherirrenden Lamas. Er vergaß sogar,
daß sein Lieblingsessen gegrilltes Lamabries war.
Was er wußte, war dies: Seine Fotos würden ihm den Job
als Reporter, für den er die Schule geschmissen hatte,
und den Ruf als bester Journalist des Jahrhunderts sichern.

The Juggler

The balls are in the air again,
twirling round the invisible sun.

I'm a juggler. I wear the green
jersey of Ireland, and orange gloves.

The blue dog sits watching me.
The plump yellow cat ignores me.

The white butterflies, as usual, try
to outdo the balls – one day soon

a planet will collide with a spaceship
and there'll be only one winner.

I have my jazz playing. It pleases
the dog and infuriates the cat.

I have eaten my allotted meal
of stir-fried tofu and black beans,

tossed with chopped coriander,
and eased down with a cup of saké.

The balls must spin for ten minutes.
They must stay at the same speed.

I imagine kings watching me, presidents,
dictators, film directors. I grin a lot.

Der Jongleur

Die Bälle sind wieder in der Luft
und wirbeln um die unsichtbare Sonne.

Ich bin Jongleur. Ich trage das grüne
Trikot von Irland und orangene Handschuhe.

Der blaue Hund sitzt da und schaut mir zu.
Die fette gelbe Katze ignoriert mich.

Wie immer versuchen die weißen Schmetterlinge
die Bälle zu überflügeln – in naher Zukunft

wird ein Planet mit einem Raumschiff kollidieren,
und es wird nur einen Gewinner geben.

Ich habe meinen Jazz aufgelegt. Dem Hund
gefällt das, doch die Katze wird ganz fuchsig.

Verzehrt ist meine Portion
gebratener Tofu mit schwarzen Bohnen,

mit gehacktem Koriander geschwenkt
und einer Schale Sake heruntergespült.

Die Bälle müssen zehn Minuten lang rotieren
bei gleichbleibender Geschwindigkeit.

Ich stelle mir vor, daß mir Könige zusehen, Präsidenten,
Diktatoren, Regisseure. Ich grinse sehr viel.

When the time is up, I catch each ball,
secrete it in a different pocket,

then check the camera has captured
the whole revolving show, and my face

has behaved for the select crowd,
or must I do it all again? The butterflies,

by this stage, are confused, and collide
with the window panes. It is time to

feed the dog his stewed rabbit-hearts,
the cat her courgette and crispy fish skin.

Wenn es soweit ist, fange ich einen Ball nach dem andern
und lasse sie in verschiedenen Taschen verschwinden,

überprüfe dann, ob die Kamera das ganze
Gewirbel aufgezeichnet hat, mein Gesicht sich

benommen hat vor diesem exklusiven Publikum,
oder ob ich von vorne anfangen muß. Die Schmetterlinge

sind an diesem Punkt verwirrt und prallen
gegen die Fensterscheiben. Es wird Zeit,

den Hund mit geschmorten Hasenherzen zu füttern,
die Katze mit ihrer Zucchini und knuspriger Fischhaut.

Onions

I had my favourite 70 s sandwich for lunch today –
you'd be good if you could guess what it was,
especially if I said I could only find it in Buncrana
on the sea, in a foodie bar called *The Drift Inn.*

No, there wasn't the tiny ghost of a prawn there,
or a slice of smoked salmon. No sardines, either
(I'm aware they swim nowhere near Donegal),
and no crab, ever, although I'd be all for that.

You'll be gobsmacked when I reveal what it was –
roast beef with tomato and slivers of raw onion,
on brown bread. Mustard was an option I always
availed of, and I think I had to have a dark pint.

Seldom the latter now. But I made the sandwich
with slices of leftover roast beef, organic tomato,
and yes, a touch of raw onion – all on rye bread.
It was so perfect I almost paused to hunt for the pint.

I compensated with two (or maybe three) glasses
of Médoc. I sat there, licking my teeth, picking
up the crumbs and sniffing the perfume on my
fingers. I knew it wouldn't wash away, and I saw

then that the onion, although sparingly used,
was the undoubted star, the Roy Keane of the team.
But that strong taste is hardly what I'd class gourmet –
– some cuisines, believe it or not, excommunicate it!

Zwiebeln

Ich aß heute Mittag mein Lieblingssandwich aus den 70ern –
wenn du errätst, welches das war, bist du wirklich gut,
vor allem wenn ich hinzufüge, daß man es nur im Küstenstädtchen
Buncrana findet, in der Feinschmeckerbar *Zur Strömung*.

Nein, nicht das kleinste Gespenst von Garnele war dabei,
keine Scheibe Räucherlachs. Auch keine Sardinen
(mir ist bewußt, daß es die vor Donegal nicht gibt)
und kein Krebs, niemals, obwohl ich Feuer und Flamme wäre.

Du wirst baff sein, wenn ich verrate, was es war –
Roastbeef mit Tomate und rohen Zwiebelringen
auf Schwarzbrot. Senf war eine Option, von der ich immer
Gebrauch machte, und dazu mußte es, glaube ich, Dunkelbier sein.

Letzteres heute eher selten. Das Sandwich aber bereitete ich zu,
mit Überbleibseln, Roastbeef, Biotomaten sowie,
jawohl, einem Hauch roher Zwiebel – all das auf Roggenbrot.
Es war so vollendet, daß ich drauf und dran war, das Bier zu besorgen.

Ich ersetzte es durch zwei (vielleicht gar drei) Glas
Medoc, saß da, leckte mir die Zähne, las
die Krumen auf, erschnupperte den Duft an meinen
Fingern. Er würde sich nicht abwaschen lassen, das war klar,

und ebenso, daß die Zwiebel, obschon sparsam verwendet,
unbestritten die Hauptrolle spielte, der Roy Keane der Mannschaft war.
Der kräftige Geschmack ist nicht gerade, was ich unter Feinkost
verbuchen würde – einige Küchen verbannen ihn, ob du es glaubst oder nicht!

Onions came up in a pub recently – a woman was saying they were great for the blood. Yeah, I thought, recalling Miss Doherty, my father's ascetic assistant, who ate onion sandwiches every day and died of leukaemia.

Es ging um Zwiebeln neulich in der Kneipe – eine Frau sagte, sie seien gut fürs Blut. Klar doch, dachte ich, erinnerte mich an Miss Doherty, die asketische Assistentin meines Vaters, die täglich Zwiebelsandwiches aß und an Leukämie starb.

Ballycotton

The day was hot. The cliff-walk was crowded,
my neck was playing up as usual, so after walking
a kilometre or so, I pounced on the first bench I'd
met that was free, and I sat down to watch the sea.

There were green and red kayaks, and a blue two-
seater canoe. The island sat empty, close to the shore,
and I saw a man had slid down a tall rock to stand
with a fishing-rod, not caring how he'd get back.

I became aware that I had no support behind me,
just a spreading thorn bush, whose many tiny spikes,
I knew well, carried tetanus, so I had to sit forward –
all the better to study the aerial ballet of a butterfly,

a red admiral, I felt sure, and I hummed softly in time
to her swoops, and clapped when she landed on the path
to curtsy, before rising to repeat her bonny kinetics,
this time landing on my head, as the *coup de grâce.*

Then the roving thunder arrived – a pair of pudgy bees
like doughy policemen, visiting all the dull flowers
of the thorn bush behind me, going too close to my ears,
and I knew my butterfly was far from impressed.

They drove me away, I have to admit, those bees,
and the butterfly accompanied me a bit, before
turning back to woo another walker, while I hobbled off
to seat myself in front of a plate of haddock and chips.

Ballycotton

Es war ein heißer Tag. Der Klippenpfad war überfüllt,
mein Nacken machte Ärger, wie immer, so daß ich mich
nach einem Kilometer oder so auf die erste freie
Bank stürzte, mich hinsetzte und aufs Meer hinaus blickte.

Grüne und rote Kajaks waren zu sehen, und ein blaues Kanu,
ein Zweisitzer. Die Insel lag leer da, nicht weit vor der Küste,
und ich sah einen Mann, der einen hohen Felsen herabgerutscht war
samt seiner Angel, sich nicht darum scherte, wie er zurückkam.

Ich merkte, daß ich keine Stütze im Rücken hatte, nur
einen wuchernden Dornbusch, dessen zahlreiche kleine Stacheln,
das wußte ich wohl, Tetanus übertrugen, so daß ich mich vorlehnte –
und so das Luftballett eines Schmetterlings noch besser beobachten konnte,

eines Admirals, wie ich meinte, und ich summte leise im Rhythmus
seiner Sturzflüge, klatschte, als er auf dem Pfad landete
und knickste, dann wieder aufstieg, um seine hübsche Kinetik zu wiederholen,
diesmal auf meinem Kopf Platz nahm, sein *coup de grâce*.

Dann traf der wandernde Donner ein – ein Paar pummeliger Bienen
wie teigige Polizisten, die sämtliche reizlose Blüten
des Dornbuschs hinter mir inspizierten, zu dicht an meinen Ohren waren,
und ich wußte, daß mein Schmetterling alles andere als beeindruckt war.

Sie vertrieben mich, jene Bienen, ich gebe es zu,
und der Schmetterling begleitete mich ein Stück, bevor er
umkehrte, einen anderen Wanderer umwarb, derweil ich davonhumpelte,
mich niederließ vor einem Teller mit Schellfisch und Fritten.

The Log Cabin

The log cabin has burned down again
but this time no one was in it.

People said the smoke was green,
and the flames kept in a tight circle.

I was in Chicago when I got the news.
I found a bar with a local blues band.

I asked the singer if she had a song
featuring a burned-down log cabin.

She pretended not to understand me,
then sang about warring couples, any

of whom could have torched a house.
No couple had lived in the log cabin

for at least fifty years. I knew this
because I had lived there alone

for half of that period, and the ghosts
then had it all to themselves.

The first fire was the work of the devil
though I knew I got the blame for it.

I rebuilt it with silver birch boughs –
it looked like it had fallen from the moon.

Die Blockhütte

Die Blockhütte ist schon wieder abgebrannt,
aber diesmal war niemand darin.

Zeugen sagen, der Rauch sei grün gewesen
und die Flammen hätten einen engen Ring gezogen.

Ich war in Chicago, als die Nachricht eintraf.
Ich fand eine Kneipe mit lokaler Bluesband,

fragte die Sängerin, ob sie ein Stück hätte,
in der es um eine abgebrannte Blockhütte gehe.

Sie tat so, als verstünde sie mich nicht,
sang dann von einander bekriegenden Paaren, von denen

jeder ein ganzes Haus hätte abfackeln können.
In der Blockhütte hatte kein Pärchen gelebt,

jedenfalls nicht in den letzten fünfzig Jahren. Das
wußte ich, weil ich dort halb so lange

allein gelebt hatte, und die Gespenster
hatten es danach ganz für sich.

Das erste Feuer war das Werk des Teufels,
obschon mir die Schuld dafür gegeben wurde.

Ich baute sie mit Weißbirkenästen wieder auf –
sie sah aus, als wäre sie vom Mond herabgefallen,

I could easily believe I was up there
when I lay on the ram-skin rug,

running old rhymes through my head,
singing silly, forgotten murder-ballads.

es fiel leicht, mir vorzustellen, ich sei dort oben,
wenn ich auf meinem Widderfellteppich lag,

alte Reime im Kopf durchspielte,
alberne, längst vergessene Moritaten sang.

Returning to a Borrowed House

When I came in, it was dark.
A big cat ran across my feet, or
was it a badger? Where was the moon?
The key tried not to work for me,
then relented. I fell in onto the stone floor.

I opened a bottle of red wine, and sat
at the table. I got up again to light
the six wicks on the candelabra, then
stood conducting the six dancing flames.
I launched into a homemade aria.

The lyrics I improvised were to do with
monks marooned on an island, one
of them longing for a nun on the mainland.
I introduced a psychic crow for ballast.
I felt I'd earned a slice of bread with stilton.

I sat down again and poured more wine.
The ghosts had gathered at the windows
to stare at me. I ignored them –
I was an interloper here, born and bred
in Donegal, a day's boat-ride away.

Rückkehr zu einem geborgten Haus

Als ich eintrat, war es dunkel.
Eine große Katze rannte mir über die Füße, oder
war es ein Dachs? Wo war der Mond?
Der Schlüssel gab alles, um bei mir nicht zu passen,
lenkte dann ein. Ich stürzte hinein, auf den Steinfußboden.

Ich entkorkte eine Flasche Rotwein und saß
am Tisch. Stand wieder auf, um die sechs Dochte
auf dem Armleuchter zu entzünden und dann
die sechs tanzenden Flammen zu dirigieren.
Ich gab eine hausgemachte Arie zum Besten.

Der Text, den ich improvisierte, hatte zu tun mit
Mönchen, die auf einer Insel gestrandet waren; einer
von ihnen sehnte sich nach einer Nonne auf dem Festland.
Als Zugabe führte ich eine Krähe ein, die hellsehen konnte.
Mir schien, ich hatte eine Scheibe Brot mit Stilton verdient.

Ich setzte mich wieder und schenkte mir Wein nach.
Die Gespenster drängten sich an den Fenstern
und starrten mich an. Ich achtete nicht auf sie –
ich war ein Eindringling, geboren und aufgewachsen
in Donegal, mit dem Schiff eine Tagesreise entfernt.

The Ice Cream Van

The ice cream van's breezy, circus music
swirled around the corner, as I left the Shakey
Bridge, with a phone charger crammed in
my pocket that I knew had a hole big enough
for coins to slip out through onto the road.

Not that I'd bend down to pick up enough
to buy a tub of this very non-Italian ice cream,
despite a sun that had risen from the canvas
to punch a few clouds, and bejewel the river.
All I wanted was a place to plug my phone in.

I was waiting for the whole world to call me –
first my doctor, with the results of my tests,
next my publisher, with news of deadlines,
and of course my partner who always rang me.
That added up to more than the world.

But as I hurried down the narrow road between
the park and the playing fields, the ice cream
van's music followed me like a fat shadow, a silly
overcoat someone was running to slip on me.
I very nearly turned back and bought a cone.

Der Eiswagen

Die fröhliche Zirkusmusik des Eiswagens
wirbelte um die Ecke, als ich die Hängebrücke
hinter mir ließ, ein Ladegerät fürs Telefon
in meiner Hosentasche, die ein solch großes Loch hatte,
daß Münzen hindurchglitten, auf die Straße rollten.

Nicht, daß ich mich gebückt hätte, um welche aufzuheben
und einen Becher von diesem wenig italienischen Eis zu kaufen,
obwohl die Sonne sich von der Leinwand gelöst hatte,
um ein paar Wolken zu boxen, den Fluß mit Juwelen zu schmücken.
Alles, was ich wollte, war eine Steckdose für mein Telefon.

Ich erwartete Anrufe von der ganzen Welt – zunächst
von meinem Arzt mit den Ergebnissen der Untersuchung,
dann vom Verleger mit Neuigkeiten zum Abgabetermin,
natürlich von meiner Liebsten, die ja stets mich anrief.
Zusammengezählt ergab das mehr als die Welt.

Doch als ich die schmale Straße zwischen Park und
Sportplatz hinabeilte, folgte mir die Musik
des Eiswagens wie ein feister Schatten, ein lachhafter
Mantel, den mir jemand hinterrücks überzustreifen versuchte.
Ich war kurz davor, umzukehren und eine Waffel zu kaufen.

The Hedgehog

The hedgehog stood on the doorstep
looking up at me. What did he want?
Where had he scurried here from?

I wanted to put sunglasses on him
and a small yellow hat. *Hello,* I said.
The spiky fellow made no reply, but

kept looking at me as if I could read
his intent. On a whim I stood back
to usher him in. He darted past, then

dashed up the stairs. *Hey!* I shouted,
galumphing after him, to find him in
my bed, as if that was his new nest.

No, no! I muttered, reaching for him
but he turned into a ball of spikes
that pricked my hands away. I heard

clicking and hissing. Was he hungry?
The house was full of spiders, and I'd
seen traces of slugs. Should I go hunting?

I stood watching him. It was October –
he wasn't thinking of hibernating here,
was he? His sounds now were whistling

Der Igel

Der Igel hockte auf der Türschwelle
und sah mich an. Was wollte er von mir?
Von wo aus war er bis zu mir getrippelt?

Ich wollte ihm eine Sonnenbrille aufsetzen
nebst einem kleinen gelben Hut. *Hallo,* sagte ich.
Der stachlige Knirps antwortete nicht, aber

sah mich weiter so an, als sollte ich seine Absicht
erraten. Zum Spaß machte ich einen Schritt rückwärts,
um ihn hereinzubitten. Er flitzte vorbei, sauste sogleich

die Treppe hoch. *Hey!* rief ich,
trampelte ihm hinterher und fand ihn in
meinem Bett, als wäre das sein neues Nest.

Aber nein! murmelte ich und griff nach ihm,
er aber rollte sich zu einem Stachelball zusammen
und pikste meine Hände weg. Ich hörte ihn

knacken und zischen. Hatte er Hunger?
Im Haus wimmelte es von Spinnen, auch hatte ich
Schneckenspuren gesehen. Sollte ich auf die Jagd gehen?

Ich stand da, sah ihn an. Es war Oktober –
er spielte doch wohl nicht mit dem Gedanken, hier
zu überwintern? Seine Geräusche waren jetzt ein Pfeifen

and a kind of purring, but not like a cat.
I wished I had a cat. I wanted to know
what I had to do. Should I cook him,

wrap him in wet clay, like I was told the
Gypsies do, and bake him in the oven
for two or three hours? Or should I simply

pull on oven gloves and grab him, bundle
him down the stairs and out the door
to the hedge where I could push him in,

maybe even make him a makeshift nest
with branches torn down by the hurricane?
I asked him quietly if he would like that.

No new sounds came. He wasn't moving,
I hoped he was all right. I lay down beside him
to reflect further, and I soon began to snore.

und eine Art Schnurren, aber nicht wie das einer Katze.
Ich wünschte, ich hätte eine Katze. Ich wollte wissen,
was zu tun war. Sollte ich ihn zubereiten,

ihn mit feuchtem Lehm umhüllen, wie es angeblich die
Zigeuner machten, ihn dann im Ofen backen,
zwei bis drei Stunden lang? Oder sollte ich einfach

Topfhandschuhe überstreifen, ihn packen, das Bündel
die Treppe hinuntertragen, zur Tür hinaus
und zur Hecke, um ihn dort hineinzuschieben,

ihm vielleicht sogar ein notdürftiges Nest zu bauen
mit Zweigen, die der Wirbelsturm abgerissen hatte?
Ich fragte ihn leise, ob ihm das gefallen würde.

Keine weiteren Laute. Er rührte sich nicht,
ich hoffte, es ginge ihm gut. Ich legte mich neben ihn,
um weiter zu grübeln, und bald begann ich zu schnarchen.

Pizza à Sète

(for Padraig Rooney)

The wood-fired oven was as good
as any in Napoli, and the super-thin,
crispy crust was a pizza-snob's delight,
but the tomato sauce was wrong.
Where was the oregano, and why
was this replaced with *dried* basil,
making it all sweet, and persuading me
I was eating a Provençal *soupe à pistou?*
I found myself longing for torn leaves
of fresh basil and wondering why
the French even bothered to try this,
but every table was full, and most
were laden with pizza. And I knew
that Sète was half-Italian – it even used
to be called *Cette* until the Académie
Française intervened. And yesterday
I noticed the machines upgrading the port
were from Italy, while this afternoon,
in the market, I sat eating *gambas*
opposite a pasta stall called Sardinelli.
Still, I once met a man who claimed
that the word ›pizza‹ comes from *pissa-*
ladière, an onion tart I can buy
here in the market and that would
make all the Italian stuff derivative.
Yeah, as if I could ever forget the pizza
I had in Napoli all those jolly years ago!
Wasn't it normal to have border fights
over everything? I knew Sète was far from

Pizza à Sète

(für Padraig Rooney)

Der Holzofen war genauso gut
wie die aus Neapel, und der superdünne,
knusprige Rand hätte jeden Pizzasnob entzückt,
nur die Tomatensauce war völlig daneben.
Wo war der Oregano, und warum
hatte man ihn durch *getrocknetes* Basilikum ersetzt,
so daß sie ganz süß war, mich glauben ließ,
eine provenzalische *soupe à pistou* zu essen?
Ich merkte, daß ich mich nach gezupften Blättern
von frischem Basilikum sehnte, und fragte mich,
warum die Franzosen das hier überhaupt bestellten,
aber jeder Tisch war besetzt, und fast überall
wurde Pizza serviert. Und ich wußte,
daß Sète halb italienisch war – einst hieß
es sogar *Cette*, bis die Académie française
einschritt. Und gestern bemerkte ich, daß
die Maschinen, die den Hafen aufwerten,
aus Italien sind; heute Nachmittag wiederum
saß ich auf dem Marktplatz und aß *gambas*
gegenüber von einem Nudelstand namens Sardinelli.
Doch traf ich einmal einen Mann, der behauptete,
das Wort »Pizza« leite sich von *pissa-*
ladière her, einer Zwiebeltarte, die sich hier
auf dem Markt kaufen und all das Zeug
aus Italien als Abklatsch erscheinen lasse.
Klar doch, als könnte ich jemals die Pizza vergessen,
die ich vor so vielen fidelen Jahren in Neapel verspeiste!
War es nicht einst normal, Grenzstreitigkeiten wegen
jeder Kleinigkeit zu haben? Ich wußte, daß Sète weit weg

the border, but it was a southern port with a fast line to Genoa. So, devouring my last *gamba,* and finishing the wine, I stood up just as a large man walked past, shouting *arrivederci* at someone or possibly at me. I almost responded, thinking the fellow would know all about the art of making pizza, and might even teach me how.

von der Grenze war, doch es war ein Hafen im Süden
mit einer schnellen Verbindung nach Genua. So verzehrte
ich meine letzte *gamba,* trank meinen Wein aus
und erhob mich, als eben ein langer Mann vorüber-
ging und irgend jemandem *arrivederci* zurief,
vielleicht sogar mir. Ich hätte fast geantwortet,
dachte, daß der Bursche wohl alles wissen mochte
über die Kunst des Pizzabackens und,
wer weiß, es mir sogar beibringen würde.

The Sleeping Woman

(after Paul Valéry)

What vile secrets are burning in you
as you pretend to be a flower ?
What weird nutrients are warming you
and presenting you as a sleeping woman?

Your breath, your dreams, your stillness
are not enough – you have to add a sniffle
because that black wave is welling so huge
before it breaks on the breast of an enemy.

Ah, sleeper, dropped here among the shadows
and the dumped, your sleep has become
a gift stretched out like a doe
beneath bunches of grapes on a vine.

So, although your soul may be off in hell,
this body of yours, with its smooth stomach
which a motionless arm is draped over,
remains watchful, and my eyes are open.

Die schlafende Frau

(nach Paul Valéry)

Welche abscheulichen Geheimnisse brennen in dir,
derweil du vorgibst, Blume zu sein?
Welche sonderbaren Nährstoffe wärmen dich
und lassen dich als schlafende Frau erscheinen?

Dein Atem, deine Träume, deine Stille
sind nicht genug – du mußt noch ein Schniefen hinzufügen,
denn jene schwarze Welle schiebt sich riesig auf,
bevor sie auf der Brust eines Feindes bricht.

Oh Schläferin, abgelegt zwischen diesen Schatten
und den Ausrangierten, dein Schlaf wurde
zum Geschenk, das sich ausstreckt wie ein Reh
unter Trauben an einem Weinstock.

Obschon also deine Seele in der Hölle sein mag,
bleibt dein Körper hier mit seinem weichen Bauch,
über dem ein bewegungsloser Arm hängt,
wachsam, und meine Augen sind offen.

Taxi à Sète

I asked the nice man from Vietnam
to call a taxi. He'd just brought the *nem*
but this request was a high bridge on
the River Kwai I'd ordered him to bomb.
I had no idea why he reacted like that.
I was gobsmacked when he went round
all his patrons, sitting there, wielding
chopsticks, and asked each of them if they
had numbers for taxi firms. He jotted
down plenty of numbers but nobody
answered. Was it really the first time
he'd been approached about this?
All the tables had wine bottles – how
did these savage drinkers get home? I
thanked him for his failure, paid the bill,
and struggled up the hill to the flat.
On the way I remembered all the times I'd
arrived at the *Gare de Sète,* hoping to find
a taxi, but they were always in Montpellier.
Back then I didn't need one but now I did.
Anyway, I made it, and managed the
stairs, pausing on each landing, before
letting myself in to play John Coltrane.
I opened the window to share the noise
just as a taxi turned into Rue de la Révolution
to speed down past my temporary home
where it could have braked, disgorging me,
before carrying on to where it liked to roam.

Taxi à Sète

Ich bat den netten Mann aus Vietnam,
mir ein Taxi zu rufen. Er hatte gerade die *nem* serviert,
aber diese Bitte war eine hohe Brücke über
den Kwai, die ich ihm zu bombardieren befahl.
Keine Ahnung, warum er so reagierte.
Ich war platt, als er zu all seinen Stammgästen
ging, sich zu ihnen setzte, die Stäbchen
schwang und jeden von ihnen fragte, ob sie
die Nummern von Taxiunternehmen hätten. Er schrieb
rasch eine Vielzahl von Nummern auf, doch niemand
antwortete. War es wirklich das erste Mal,
daß man sich deshalb an ihn gewandt hatte?
Auf allen Tischen standen Weinflaschen – wie
sollten all diese wüsten Trinker nach Hause kommen? Ich
dankte ihm für sein Scheitern, bezahlte die Rechnung
und quälte mich den Hang hinauf nach Hause.
Unterwegs erinnerte ich mich an all die Gelegenheiten,
bei denen ich, an der *Gare de Sète* angekommen, auf der Suche
nach Taxis war, aber stets waren sie allesamt in Montpellier.
Damals brauchte ich keines, jetzt schon.
Kurz und gut, ich schaffte es, bewältigte auch noch
die Treppe, indem ich auf jedem Absatz verschnaufte, bevor
ich mir Einlaß verschaffte, um John Coltrane aufzulegen.
Ich öffnete das Fenster, damit alle ihn hören konnten,
als gerade ein Taxi einbog in die Rue de la Révolution
und an meinem temporären Zuhause vorübersauste,
wo es bremsen, mich ausspucken hätte können,
vor seiner Weiterfahrt dorthin, wo es gern seine Runden drehte.

Three Heads

Five hours in Carcassonne airport,
then the flight cancelled. And us put
up in a crap hotel, no food, no drink –
I saw it all as a large, grey monster,
with three waving heads. We slept,
and next morning, not without a huge
effort, learned the earliest flight for us
was three days later. So we took a
taxi to the *gare,* then a train to Sète,
which we'd just left. I closed my eyes
and watched the monster float in
through the window and hover there,
the three heads weaving their spell
that threatened to take me over, so
much that I barely registered a black-
headed man with a faint moustache
placing his red bag down before us,
asking if we'd watch it while he went
for a smoke. Right enough, the train
was stopped, but after it restarted
the bag stayed there. Then a second
head peeped into the small carriage,
casing the other bags. And the third
head came, and its mocking eyes stared
insolently at us, as if we were fair game.
Were we back in the airport melee
we thought we'd never escape from?
I decided we needed to move, and we
found ourselves standing at an exit next to
an even smaller carriage, where a man

Drei Köpfe

Fünf Stunden im Flughafen von Carcassonne,
dann der Flug annulliert. Und wir untergebracht
in einem Dreckloch von Hotel, ohne Essen und Trinken –
ich stellte mir all das als riesiges, graues Monster
mit drei sich wiegenden Köpfen vor. Wir schliefen,
bekamen am nächsten Morgen mit gigantischem
Aufwand heraus, daß der nächste Flug für uns
drei Tage später ging. So nahmen wir also
ein Taxi zur *gare*, dann einen Zug nach Sète, das
wir eben erst verlassen hatten. Ich schloß die Augen
und sah zu, wie das Monster durch das Fenster
hereinschwebte, in der Luft hing; seine
drei Köpfe webten ihren Zauberbann, der
von mir Besitz zu ergreifen drohte, so
sehr, daß ich den pickligen Mann mit seinem
Schnurrbartflaum kaum bemerkte, als er
seine rote Tasche vor uns abstellte und fragte,
ob wir auf sie aufpassen würden, während er
eine rauchen ging. Tatsächlich hielt der Zug
an, doch als er erneut Fahrt aufnahm, stand
die Tasche noch immer da. Dann wurde ein zweiter
Kopf ins kleine Abteil gesteckt, inspizierte
die anderen Taschen. Und der dritte
Kopf kam, und seine höhnischen Augen starrten
uns unverschämt an, als wären wir Freiwild.
Steckten wir erneut im Wirrwarr des Flughafens fest,
aus dem zu entkommen uns unmöglich erschienen war?
Ich entschied, daß wir besser weiterzogen, und so
standen wir plötzlich am Ausgang neben einem
noch kleineren Waggon, in dem ein Mann

with five cases was paying the conductor
for the tickets of the three dodgy men,
as if he was their king, and could undo
all their peccadillos. Could he undo
our Carcassonne pain? Yeah, right,
I thought. Much more likely he and his
three goons were the embodiment of it,
and we would meet them all again.

mit fünf Koffern dem Schaffner Geld gab
für die Fahrkarten der drei zwielichtigen Männer,
als wäre er ihr König und könnte all ihre Missetaten
ungeschehen machen. War er imstande, dasselbe
mit der Qual von Carcassonne zu tun? Klar doch ...
dachte ich. Viel wahrscheinlicher schien, daß er und
seine drei Galgenvögel die Verkörperung dieser Qual waren,
daß wir sie alle nochmals sehen würden.

Translating Paul Valéry

When I started translating Paul Valéry
my French was so ropey I kept
dragging the poor poet into the realm of
surrealism, a place he didn't want to be,
or so I thought, until one day
I recognised he darted in there from time
to time, while pretending he didn't.
This was quite a trick, I admitted,
and I had to find ways to reveal this,
which meant my going back to Sète.
I found a flat in Rue de la Révolution,
up four flights. It was in the Arab quarter
but that was cool. On the first night I
dreamt I was a fisherman in *La Pointe Courte*
who could walk on the water, drawing
the fish after him, and as a result, I was
quite rich – which was not the case when
I woke up. Still, a view of the Meditteranean,
out of one tiny window, reminded
me I was in the South. That afternoon
I went to the Cimetière Marin
where Valéry reposed, and after a hunt,
I found his grave. I stood at the foot of it,
waiting for him to hop out and greet me,
but nothing happened. Not even a big,
fat gull landed. I trudged down, sweating,
to the harbour bar for a Ricard, even
though it was early, and I had a small
bowl of vinegary, garlicky anchovies,
which necessitated a glass of red wine.

Paul Valéry zu übersetzen

Als ich Paul Valéry zu übersetzen begann,
war mein Französisch derart mies, daß ich
den armen Dichter immerzu ins Reich des
Surrealismus zerrte, wo er nichts verloren hatte,
so dachte ich jedenfalls, bis ich eines Tages
feststellte, daß er gelegentlich dorthin strebte,
dabei aber vorgab, ebendies nicht zu tun.
Ein echtes Kunststück, das mußte ich zugeben,
und es galt, Mittel zu finden, dies wiederzugeben,
das heißt: ich mußte nach Sète zurückkehren.
Ich nahm eine Wohnung in der Rue de la Révolution,
vierter Stock. Sie lag im arabischen Viertel,
aber das war mir recht. In der ersten Nacht war ich
im Traum ein Fischer in *La Pointe Courte*,
der übers Wasser laufen konnte und dabei
die Fische hinter sich herzog, folglich war ich
ziemlich reich – was, als ich erwachte, nicht
der Fall war. Doch ein Blick aufs Mittelmeer
durch ein winziges Fenster erinnerte mich daran,
daß ich im Süden war. Am Nachmittag
ging ich zum Cimetière Marin, wo
Valéry bestattet war, und nach langer Suche
fand ich sein Grab. Ich stand ihm zu Füßen,
wartete darauf, daß er heraussprang, mich begrüßte,
aber nichts geschah. Nicht mal eine große,
fette Möwe landete. Schwitzend schleppte ich mich
runter zur Hafenkneipe, um einen Ricard zu trinken,
so früh es noch war, und aß ein Schüsselchen
in Essig und Knoblauch eingelegter Anchovis,
was ein Glas Rotwein unumgänglich machte.

I was tempted to have a second, but I
stayed strong. Some force was guiding me.
I traipsed past the market, witnessing
the enormous pile of dumped shells,
before returning to the flat, and digging out
the latest translation I'd been stalled on,
only to find that Valéry's ghost
had restored the touches of surrealism,
before adding flourishes that were beyond me.

Ich war versucht, ein zweites zu bestellen, aber
blieb standhaft. Irgendeine Macht leitete mich.
Ich schlenderte am Markt vorbei, bestaunte
den riesigen Haufen weggeworfener Muschelschalen,
bevor ich zur Wohnung zurückkehrte, die jüngste
Übersetzung, bei der es haperte, hervorkramte,
nur um festzustellen, daß Valérys Geist die
Anflüge von Surrealismus wieder eingefügt hatte, versehen
mit Figuren, die mir unbegreiflich blieben.

The Port

A high, cold wind froze my short-haired head
as I swung my rucksack through the port,
wishing I had that grey hat I'd confiscated
when my Grandfather died – I'd had to fight for it
although nobody else there would have worn
the thing, but it didn't stop them coveting it.

Reaching one's sixties has its own rewards,
one of which is saying ›Fuck them. They'll learn.‹
And if they don't, it's their funeral. No one else's.
I wanted to buy an old, white greyhound to
walk with me on a silver lead though the town.
If anyone spoke to me about it I'd stay silent.

My biggest regret is that I've never travelled
in a submarine, surfacing in this very port.
I spent my childhood days here, jumping into
boats, then back out, then learning to sing
the loud shanties the local fishermen revelled in,
though I had no idea back then what they meant.

Der Hafen

Ein starker, kalter Wind ließ meinen kurzgeschorenen Kopf frieren,
als ich meinen Rucksack quer durch den Hafen baumeln ließ
und wünschte, ich hätte den grauen Hut dabei, beschlagnahmt,
als mein Großvater starb – ich mußte um den Hut kämpfen,
obwohl sonst keiner der Anwesenden das Ding je getragen
hätte, aber das hielt sie nicht davon ab, ihn besitzen zu wollen.

Sechzig zu werden hat seine Vorteile, zum Beispiel sagen
zu können: »Zum Teufel mit ihnen. Sie werden's noch lernen.«
Und wenn nicht, ist es ihr Begräbnis. Ausschließlich ihres.
Ich wollte einen alten, weißen Windhund kaufen, ihn
an silberner Leine durch die Stadt laufen lassen.
Falls mich jemand auf ihn ansprach, würde ich schweigen.

Am meisten bereue ich, daß ich nie in einem U-Boot
gereist bin, um in genau diesem Hafen aufzutauchen.
Ich habe meine Kindheit hier verbracht, sprang hinein
in Boote und wieder heraus, lernte dann all die lauten
Shantys zu singen, in denen die hiesigen Fischer schwelgten,
obwohl ich damals keinen Schimmer hatte, was sie bedeuten.

Fernfeld

A card bearing a shot of the dark side of the moon
arrived, inviting me to a party at Fernfeld –
a big house, arts centre at the end of the earth,
at least in local terms. I'd never been there but
artist friends had landed in kayaks at the wharf
and had been treated like Picasso and Matisse.

I stood with an espresso, turning the card, as if
it would release its secrets. The poodle stared at me.
There was no address, as if that would be uncool.
I'd be expected to read a couple of shortish poems,
and no fee, or even expenses, were mentioned.
It felt like a summons from Stalin, or Putin.

I also got the feeling I should read German versions
but that could have been the doing of the house-
name. I resolved to arrive there, wherever it was,
in a red buggy drawn by a pair of white hinnies.
I'd have a faraway look in my bloodshot eyes
and my hair would be dyed the colour of the moon.

Fernfeld

Eine Karte mit einer Aufnahme von der dunklen Seite des Mondes
traf ein, lud mich ein zu einem Fest in Fernfeld – einem
Herrenhaus und Kunstzentrum am Ende der Welt, jedenfalls
nach hiesigen Standards. Ich war nie dort gewesen, aber
Künstlerfreunde hatten mit Kajaks am Kai angelegt
und waren wie Picasso und Matisse bewirtet worden.

Ich stand mit meinem Espresso, drehte und wendete die Karte,
als würde sie ihr Geheimnis preisgeben. Der Pudel starrte mich an.
Es gab keinerlei Adresse, als wäre das uncool.
Man erwartete, daß ich ein paar kürzere Gedichte läse,
doch kein Honorar, nicht mal Reisekosten wurden erwähnt.
Es fühlte sich an wie eine Vorladung zu Stalin oder Putin.

Auch schien mir, daß ich deutsche Fassungen vortragen solle,
doch konnte das am Namen des Hauses liegen.
Ich beschloß, daß ich, wo auch immer es sich befand, im roten
Einspänner vorfahren würde, von zwei weißen Mauleseln gezogen.
Meine blutunterlaufenen Augen würden versonnen dreinschauen
und meine Haare getönt sein mit der Farbe des Mondes.

What a True Fan Has to Do

I never wanted to be a waiter in Madrid,
not even those black or red aprons could tempt me,
but when I learned a statue of Lorca had appeared
in 1998, on the poet's 100th birthday, in Plaza de Santa Ana
showing him releasing a bird to the Teatro España
I marched up with my CV to the nearest *cervecería.*

The boss was Mexican, which helped me, especially
when I told him I was an Irish poet who loved Lorca.
He was seated at an outside table, eating sausages
and I got the job when he decided I looked Aztec.
›We Mexicans and Irish go back a long way,‹ he said,
or I think he did. I opted for the red apron.

Every morning I went across the Plaza to greet Lorca,
wondering why he wasn't declaiming one of his poems
instead of holding a frightened dove in his hands.
Then I ferried coffees, water or even whiskies
to the seated Madrileños or intrepid tourists –
when it was hot I brought the beers earlier.

And each night I read seven Lorca poems aloud
(and once the whole of *The House of Bernarda Alba*) –
I started with English translations, then graduated
to the originals, as my street-Spanish improved.
My plan was to write the poems Lorca hadn't written
and get him world famous all over again.

Was ein wahrer Fan tun muß

Ich wollte nie Kellner in Madrid werden, nicht mal
diese schwarzen oder roten Schürzen reizten mich,
doch als ich 1998 erfuhr, daß zum hundertsten Geburtstag
Lorcas eine Statue von ihm auf der Plaza de Santa Ana enthüllt worden
war, die ihn einen Vogel zum Teatro España hin fliegen ließ,
stiefelte ich mit meinem Lebenslauf zur nächsten *cervecería*.

Der Inhaber war Mexikaner, was günstig für mich war, vor allem
als ich ihm sagte, ich sei ein irischer Dichter, der Lorca liebte.
Er saß an einem der Tische draußen und aß Würstchen,
und ich bekam die Stelle, als er entschied, daß ich aztekisch aussähe.
»Wir Mexikaner und Iren sind seit langem verbrüdert«, sagte er,
glaube ich jedenfalls. Ich entschied mich für die rote Schürze.

Jeden Morgen ging ich über die Plaza und grüßte Lorca,
fragte mich, warum er nicht eines seiner Gedichte deklamierte,
statt eine verängstigte Taube in den Händen zu halten.
Dann trug ich Kaffee umher, Wasser oder sogar Whisky,
zu sitzenden Madrileños oder furchtlosen Touristen –
wenn es heiß war, servierte ich die Biere ein bißchen früher.

Und Nacht für Nacht las ich sieben Lorca-Gedichte laut
(und einmal *Bernarda Albas Haus* komplett) –
ich fing mit englischen Übersetzungen an, stieg dann auf
zu den Originalen, als mein Straßenspanisch besser wurde.
Ich hatte vor, die Gedichte zu schreiben, die Lorca nie schrieb,
und ihn so einmal mehr weltberühmt zu machen.

The Lamppost, Plaza Mayor, Chinchón

The old matador
          and his favourite picador
stride out of the Bar la Villa,
both straight as the lamppost
in the middle of the Plaza Mayor
          that will be a bullring
later in the year.

I sit all day here,
reading Hemingway's Spanish books,
drinking coffee after coffee
while a plaque on the wall
          informs me that in 1863
a man called Salvador Sánchez ›Frascuelo‹
convalesced here from grave wounds
          caused by a young bull.

Later he became a famous matador.
I order a glass of red wine
          as the tinny bell tells me
it's eight in the evening, and the cars
begin to arrive at the Plaza to start driving
round the lamppost, going as close to it
as they dare, before chugging off home.

The kitchen opens, so I order an octopus
tentacle done on the grill, and watch
an elderly biker
          power his machine

Der Laternenpfahl, Plaza Mayor, Chinchón

Der alte Matador
          und sein Lieblingspicador
schreiten aus der Bar la Villa,
beide aufrecht wie der Laternenpfahl
in der Mitte der Plaza Mayor,
          die zur Stierkampfarena wird
im Laufe des Jahres.

          Ich sitze hier den ganzen Tag,
lese Hemingways Spanienbücher
und trinke einen Kaffee nach dem andern,
während eine Tafel an der Wand
          mir mitteilt, daß 1863
ein Mann namens Salvador Sánchez »Frascuelo«
hier von den schweren Verletzungen genas,
          die ihm ein Jungbulle zugefügt hatte.

Später wurde aus ihm ein berühmter Matador.
Ich bestelle ein Glas Rotwein,
          als mir die blecherne Glocke mitteilt,
es sei acht Uhr abends, und die Autos
auf die Plaza zu fahren beginnen, rundherum
um den Laternenpfahl, so dicht vorbei an ihm,
wie sie sich trauen, bevor sie nach Hause tuckern.

Die Küche macht auf, also bestelle ich Oktopus-
Tentakel vom Grill, schaue zu,
wie ein bejahrter Biker
          seine Maschine davonjagt

from the ring, with full headlights dazzling
just as the lamppost comes on, its five
carriage lamps casting an orange glow on
          the red and yellow banner
draped round the Plaza, and I raise
my glass to toast the metal king.

vom Kreisel und die Scheinwerfer aufblendet,
als gerade die Laterne angeht; ihre fünf
Kutschenlampen werfen eine orangene Glut
auf die rot-gelben Banner,
die rund um die Plaza drapiert sind, und ich hebe
mein Glas und proste dem Metallkönig zu.

Monsieur Lapin

(for Raymond)

Was I nine or ten when my grandpa sent me out
with his bicycle light to lamp rabbits? He handed me
a jute bag, a garrotting wire, and allowed me to
bring a friend (was it Raymond?), and Bonzo
(a black cocker, far from a lurcher). Don't
arrive back with less than three, he announced.

Bonzo bounded down the darkening road that
brought a breeze to meet us from the sea.
We set up our stall on the dunes. I commanded
all of us to lie on our mouths and noses, even Bonzo,
who had to be held. The moon and stars were
hidden. Those rabbits would be out soon, fluffy necks

waiting for their wire necklaces. And they did come,
but Bonzo scared them off, and after I sent Raymond
down with him to the waves, so he could splash in,
two rabbits leaped around in my light like filmstars,
easily dodging my inept lunges with the wire noose
till I shrieked, and they scurried away for good.

So up the dark road we traipsed, the bicycle lamp
throwing a faint light ahead, Raymond sulking, Bonzo
whining, then in the door to Grandpa standing
in the kitchen, his knives sharpened, his oven pans
shiny and waiting. *Où est Monsieur Lapin?* he asked.
Your light wasn't bright enough, *Grandpère,* I said.

Monsieur Lapin

(für Raymond)

War ich neun oder zehn, als mein Opa mich hinausschickte,
um mit seiner Fahrradlampe Kaninchen zu jagen? Er gab mir
eine Jutetasche, einen Draht zum Erdrosseln und erlaubte mir,
einen Freund mitzunehmen (war es Raymond?) sowie Bonzo
(ein schwarzer Cocker, gewiß kein Terrier). Komm nicht
mit weniger als drei Stück zurück, verkündete er.

Bonzo sprang die dunkler werdende Straße entlang,
auf der uns eine Brise vom Meer her begrüßte.
Wir bezogen unsere Stellung in den Dünen. Ich befahl,
daß alle auf Mund und Nase lagen, sogar Bonzo,
den wir festhalten mußten. Mond und Sterne waren
verborgen, die Kaninchen mußten bald kommen, jedes flauschige

Genick bereit für seine Halskette aus Draht. Und wirklich kamen sie,
aber Bonzo verscheuchte sie, und nachdem ich Raymond mit ihm
zur Brandung geschickt hatte, damit er in ihr planschen konnte,
hüpften zwei Kaninchen in meinem Lichtstrahl herum wie Filmstars,
wichen mühelos meinen unbeholfenen Attacken mit der Schlinge aus,
bis ich aufschrie und sie ein für allemal davonhuschten.

So latschten wir die dunkle Straße zurück; die Fahrradlampe
warf ein schwaches Licht uns voraus, Raymond schmollte, Bonzo
jaulte, und dann durch die Tür zu Opa, der in der Küche
stand mit geschärften Messern und glänzenden, wartenden
Brätern. *Où est Monsieur Lapin?*, fragte er.
Deine Lampe war nicht hell genug, *Grandpère*, sagte ich.

Trauma

I must declare I'm a Buddhist, yes sir, yes madam,
and this will colour everything I have to tell you.
I was having a zen evening – I'd cooked big noodles
in coconut cream, and was spooning them in, quite
leisurely, when my peace was exploded by the sudden
attack of a hoover. I am not exaggerating – it was like
a soldier had burst into the house with a flame-thrower,
razing everything in his path. I admit I was puzzled.
This was none other than my sweet partner (no Buddhist,
maybe, but certainly a fellow traveller, and no lover
of the dreaded hoover, which I would like to ban).
Anyway, she advanced noisily into the sitting room,
mopping up god knows what, taking off the brush-end
to nakedly gobble what was there. It was right then
I got curious. In the morning we were taking a taxi to
the airport to fly to Tibet (with a changeover in Nuuq) –
it was no time to clean the house. So I advanced,
gingerly, to witness what I'd class a minor war-crime.
She was sucking up small gangs of flying ants who'd
somehow gained entry to the house. I watched her,
how she'd switch the monster off and sit down to enjoy
her soap opera, with one eye on the carpet, then up she'd
bounce to hoover up the latest intrepid black marauder.
I wanted to grab the machine and put my mouth
to the tube, to suck back the little fellows, but I knew
they'd be dead, murdered, with no guilt at all, and more
mayhem would follow. I went upstairs to meditate
and the stress must have caused me to sleep, but all
night the hoover sporadically woke me and I don't know
how I'll cope with the flights, or with my sweetheart.

Trauma

Ich schicke voraus, daß ich Buddhist bin, mein Herr, meine Dame,
dies wird auf alles, was ich Ihnen zu sagen habe, abfärben.
Ich verbrachte einen Zen-Abend, hatte große Nudeln in
Kokosnusscreme gekocht und löffelte ganz entspannt vor
mich hin, als mein Seelenfrieden unter der plötzlichen Attacke eines
Staubsaugers explodierte. Ich übertreibe nicht – es war, als sei
ein Soldat mit Flammenwerfer ins Haus geplatzt und hätte alles,
was ihm im Weg stand, ausgemerzt. Ich war, gestehe ich, verwirrt.
Niemand anders war es als meine reizende Partnerin (keine Buddhistin,
stimmt, aber zweifellos eine Mitreisende und durchaus keine Freundin
des gefürchteten Staubsaugers, den ich gerne verbannen würde).
Jedenfalls drang sie lärmend ins Wohnzimmer vor, wischte
weiß Gott was auf, nahm den Bürstenaufsatz ab, um derart
nackt zu verschlingen, was da war. Genau da wurde ich
neugierig. Am Morgen wollten wir ein Taxi zum Flughafen
nehmen, um nach Tibet zu fliegen (mit Zwischenlandung in Nuuk) –
es war nicht die Zeit, um das Haus zu putzen. Also trat ich vor,
behutsam, und wurde Zeuge eines minderschweren Kriegsverbrechens.
Sie saugte kleine Verbände fliegender Ameisen auf, die
irgendwie ins Haus gelangt waren. Ich beobachtete, wie sie
das Monster abstellte und sich niederließ, um ihre Seifenoper
zu genießen, ein Auge auf dem Teppich, und schon sprang sie
auf, um den nächsten kühnen, schwarzen Marodeur zu vertilgen.
Ich wollte den Apparat packen und meinen Mund an den Schlauch
legen, um die kleinen Kerle zurückzusaugen, aber ich wußte ja,
sie waren tot, ermordet, vollkommen schuldlos, und noch größeres
Durcheinander wäre die Folge. Ich ging hoch, um zu meditieren,
und der Streß ließ mich einschlafen, doch die ganze Nacht
weckte mich dann und wann der Staubsauger auf, und ich weiß nicht,
wie ich mit den Flügen klarkommen soll, oder mit meiner Liebsten.

The Snow

The snow keeps falling
but it can't stop here.

All day the flurries have brought
their swirling white showers

that turn to slush, then rain,
as soon as they hit the ground.

The last one tried a different tack –
it pretended to be hailstones

but these, too, melted in a minute.
It must be galling for the snow

to know I'm in the house,
with no plan to leave

so it can knock me down,
then focus on covering me

till I'm ripe for the other burial,
after which the snow promises

to decorate the settled earth,
as long as I forgive it now.

As if it's that easy, I say,
whereupon the snow slips away.

Der Schnee

Der Schnee fällt und fällt,
aber hier kann er nicht bleiben.

Den ganzen Tag haben die Böen
ihre weißen Wirbelschauer gebracht,

die zu Schneematsch werden, dann Regen,
sobald sie den Boden berühren.

Der letzte versuchte es auf andere Art –
er gab vor, Hagelkörner zu sein,

aber auch diese schmolzen binnen Minuten.
Es muß ein Ärgernis für den Schnee sein zu wissen,

daß ich im Haus bin
und keinerlei Absicht hege, herauszukommen,

damit er mich niederschlägt,
sich dann daranmacht, mich zu bedecken,

bis ich reif bin für das andere Begräbnis,
nach welchem der Schnee die zur Ruhe

gekommene Erde zu verzieren verspricht,
sofern ich ihm jetzt vergebe.

Als wäre es so einfach, sage ich,
woraufhin der Schnee sich davonstiehlt.

The Grinners

It's when you're feeling lowest
that you meet them, the grinners,
approaching you, beaming,
like you're an old, lost friend –
you almost expect them to break
into a trot and embrace you,
but you see then it's nothing to do
with you, no it's wholly about them,
their delirious life that they must
broadcast on their faces to everyone
they meet – people who are broke
or have just been dumped, or been
given a medical diagnosis from hell.
Are they not aware that misery
makes the world turn? That their
stupid grins endanger their perfect
lives, for who wouldn't want to buy
a hatchet and hack off their heads
to lie on the pavement in pools
of blood, with the grins still intact?

Die Grinser

Immer, wenn es dir am dreckigsten geht,
begegnest du ihnen, den Grinsern,
die auf dich zukommen, strahlend,
als seist du ein alter, wiedergefundener Freund –
fast erwartest du, daß sie in Trab
verfallen, um dich zu umarmen,
doch dann begreifst du: es hat nichts
mit dir zu tun, es geht ganz allein um sie,
um ihr Leben im Freudentaumel, das auf
ihren Gesichtern ausgestrahlt wird, damit
alle es sehen – Menschen, die pleite sind,
soeben sitzengelassen wurden oder eine
medizinische Höllendiagnose erhalten haben.
Begreifen sie nicht, daß es das Elend ist,
das die Welt in Gang setzt? Daß ihr
blödes Grinsen ihre perfekten Leben
gefährdet, denn wer wollte nicht ein Beil
kaufen und ihnen die Köpfe abschlagen,
damit sie auf dem Gehsteig liegen in Lachen
von Blut, mit ihrem unversehrten Grinsen?

The Bathroom Devils

Shit smells like corned beef
when it's kept in – those old
tins from far-off Argentina
that floated their way to Donegal
when I was a child, long before
this constipation that bedevils me.
Prunes, grapes and water should help
but don't. Laxatives are hit and miss
which is more than I can say for myself.
I should rig up a high wire from this
rooftop to the one across the street
and pay a boy to wheeze an accordion
while I inch my frame across the divide,
forcing myself to do what I can't do,
as an example to the bathroom devils
who want to stop everything and must
be taken on. Yes, a splash or two
might ensue and that would be a result.

Die Badezimmerteufel

Scheiße riecht wie Corned Beef,
wird sie zurückgehalten – jene alten
Dosen aus dem fernen Argentinien,
die den ganzen Weg bis Donegal trieben,
als ich ein Kind war, lange bevor
diese Verstopfung mich quälte.
Dörrpflaumen, Trauben und Wasser sollten helfen,
aber tun es nicht. Die Abführmittel – ein Reinfall,
und damit mehr, als ich zuwege bringe.
Ich sollte ein Hochseil von diesem Dach
zur anderen Straßenseite spannen, einen Jungen
bezahlen, daß er ein Akkordeon zum Röcheln bringt,
während ich mein Gestell langsam über die Kluft bewege,
mich zu tun zwinge, was ich nicht tun kann,
ein Exempel für die Badezimmerteufel,
die alles stillzulegen wünschen, denen man den Kampf
ansagen muß. Ja, ein Spritzer oder zwei
könnten sich ergeben, und schon das wäre ein Erfolg.

The Heron

When I went down the hill, the heron
was agitated – screaking like it was being
killed, but flying wildly, and landing on
the grassy sides of the riverbank, then
looking back to where it had flown from,
before taking off again, and screaking more.

I stood and watched, wondering what
was bothering it, but I had shopping to do
in the Coalquay Saturday Farmers Market,
and I admit I stopped worrying about it.
When I trudged back, weighed down with
leeks, potatoes, a swede, and lesser healthy

stuff, I noticed the heron was more like its
old self, keeping still as a representation of
its outline in a Japanese woodcut, and silent
as the same, and I wondered what had irked
it so much – the seagulls? Then it took off
and flew ahead, like its world was sorted.

Der Reiher

Als ich den Hügel hinabstieg, war der Reiher
ganz aufgeregt, kreischte, als würde er
umgebracht, flog jedoch wild herum, landete
auf den grasigen Böschungen am Fluß, blickte
dann dorthin zurück, von wo er gekommen war,
bevor er erneut abhob und weiterkreischte.

Ich stand da und sah zu, fragte mich, was ihn
beunruhigen mochte, doch ich hatte Einkäufe zu erledigen
auf dem samstäglichen Bauernmarkt am Kohlenkai,
und ja, hörte auf, mir seinethalber den Kopf zu zerbrechen.
Als ich zurücktrottete, schwer beladen mit
Lauch, Kartoffeln, einer Steckrübe und weniger gesunden

Dingen, bemerkte ich, daß der Reiher wieder ganz der alte
zu sein schien, so reglos war wie die Darstellung seines
Umrisses auf einem japanischen Holzschnitt und ebenso
still, und ich überlegte, was ihn wohl derart geärgert
haben konnte – die Möwen? Dann hob er ab
und flog voraus, als wäre seine Welt wohl eingerichtet.

Tennis

The priest served the ball so hard
it bounced once, then zipped through
the wire fence and took the sea-road.
The kitchen boy was sent galloping
after it to salvage it, as usual, from
the sheugh where the road turned.

The ball was soaking, so he wiped it
on his bum, and headed back to
the tennis court beside the hotel
whose guests never played, or so
it seemed. The ball was fired over
the net and the game restarted.

Both my father and the priest wore
white gear that his housekeeper
washed once a week. I assume this,
as I was too young to know, but I do
remember my father was good, and
sometimes won, but the priest was better.

Tennis

Der Priester schlug so hart auf, daß der Ball
einmal aufsprang, dann durch den Drahtzaun
zischte und sich über die Küstenstraße davonmachte.
Man schickte den Küchenjungen; der galoppierte
hinterher, um ihn wie immer aus dem Wasser-
graben jenseits der Kurve zu bergen.

Der Ball war klitschnass, also rieb er ihn an
seinem Hintern ab und eilte zurück zum
Tennisplatz neben dem Hotel, dessen
Gäste niemals darauf spielten, jedenfalls
schien es so. Der Ball wurde übers Netz
gefeuert, und das Spiel begann von neuem.

Beide, mein Vater und der Priester, trugen
weiße Klamotten, die seine Haushälterin
einmal die Woche wusch. Das nehme ich an,
denn ich war zu jung, um es zu wissen, doch ich
erinnere mich, daß mein Vater gut war und
manchmal gewann, aber der Priester war besser.

The Danube Book

(for John Hartley Williams)

I've been thinking about your long-dreamed boat again,
the one I never did see, but you sketched it for me
after dinner one night. We'd just had Serbian meat-
balls, which must have propelled it into your mind.

You began to outline your scheme, as you poured
more wine. The two of us would travel the whole
length of the Danube, filling notebooks with poems,
recipes, anything else that caught our fancy. We'd

moor the boat each evening and sample the local
fare. Oh, yes, we'd have a companion on the trip –
that Croatian friend of yours from the island of Braĉ,
who'd been handling boats like yours his whole life,

and who'd know what delicacies to ask for when
we dined, and whichever wine might suit best.
You may have said he had a repertoire of songs too,
from all along the route, and these were for the book.

It was you alone, though, who'd take photographs,
only black and white. We'd try to find poems to translate
whenever we stopped – using some kind of grapevine
you remained vague about. The book had to be fat

Das Donaubuch

(für John Hartley Williams)

Ich mußte wieder an dein lang erträumtes Boot denken,
das ich nie zu sehen bekam, doch eines Abends nach dem Essen
erzähltest du mir von ihm. Wir hatten serbische Fleisch-
klößchen verzehrt, die dich daran erinnert haben müssen.

Du begannst, deinen Plan zu skizzieren, während du Wein
nachschenktest. Wir beide würden gemeinsam die ganze
Donau hinunterfahren, Notizbücher mit Gedichten füllen,
mit Rezepten, allem, was uns anregte. Wir würden

das Boot jeden Abend vertäuen und die regionalen Speisen
probieren. Ach ja, ein Begleiter würde auch dabei sein –
dieser kroatische Freund von dir von der Insel Braĉ,
der Boote wie deines sein ganzes Leben lang geführt hat

und wissen würde, nach welchen Leckerbissen zu fragen wäre
beim Abendessen, und welcher Wein dazu passen könnte.
Vielleicht erwähntest du auch sein Repertoire an Liedern
von allen Stationen der Route, und auch diese waren fürs Buch.

Nur du allein jedoch würdest Fotos machen, wenngleich
in Schwarzweiß. Wir würden Gedichte zum Übersetzen suchen,
wenn wir anlegten – über irgendwelche Kontakte, auf die du
nur vage anspieltest. Das Buch würde dick sein müssen,

when it was launched in a fireworks display on the bank of the Danube in Novi Sad, where you'd spent some years in your 20 s, and where you would now return in lights, clutching a shiny copy of your long-dreamed Danube book.

wenn es zu Feuerwerk präsentiert wurde am Donauufer
in Novi Sad, wo du in deinen Zwanzigern ein paar Jahre
verbracht hattest, wohin du nun lichtumspielt zurückkehren würdest,
in Händen ein glänzendes Exemplar deines lang erträumten Donaubuches.

The Descent into Limbo

(in memoriam Pieter Nijmeijer)

Pieter, someone – was it yourself? – has sent
me a postcard I wrote to you in March 1992.
On the picture side we see Mantegna's
depiction of Christ climbing down into Limbo.
He looks a bit like you. Is that where you are now
(though I know Limbo has been abolished)?
You wouldn't care about that. Why send my old
postcard back to me? What stamps did you use?
In my handwriting I say I can't be sure I'm
deciphering yours enough to get your address right
but I must have. You've included no address this time.
I know I gave you carte blanche to contact me in a
variety of ways, including carrier pigeon or crow,
but this method you've chosen is the oddest,
even if it seems the simplest. And if you respond
to my words here you'll recall I ruled out telepathy,
not that you'd try that. No, your way will be careful,
sure, as you always liked to be. Do you remember
being in a car with me, passing slowly through
Newry during an Orange parade? I was laughing at
how silly they looked, with their hats and sashes,
and I went to open the window to tell them this.
You stopped the car and asked me to get out,
whereupon I desisted in my clowning and we
continued in silence on our journey to Donegal.
That was before 1992. Last time we met was, I think,

Der Abstieg zum Limbus

(in memoriam Pieter Nijmeijer)

Pieter, irgend jemand – vielleicht du selbst? – schickt mir
eine Postkarte, die ich dir im März 1992 schrieb.
Auf dem Bild sehen wir Mantegnas Darstellung
von Christus, der zum Limbus absteigt. Er sieht
ein bißchen aus wie du. Bist du denn jetzt dort
(auch wenn ich weiß, daß der Limbus abgeschafft wurde)?
Dir wäre es egal. Doch warum solltest du mir meine alte
Karte zurückschicken? Was für Briefmarken hast du benutzt?
In meiner Handschrift teile ich dir mit, ich sei nicht sicher,
daß ich deine entziffern könne, die Adresse richtig sei,
doch war sie es wohl. Doch dieses Mal – keine Adresse.
Es stimmt, ich ließ dir freie Hand, dich, egal wie, mit mir
in Verbindung zu setzen, auch per Brieftaube oder Krähe,
aber diese Art und Weise ist die seltsamste, auch wenn sie
am einfachsten scheint. Und solltest du antworten auf diese
Worte hier, denke daran: Einzig Telepathie kam nie in Frage,
auch für dich nicht. Nein, du wirst mit Umsicht vorgehen,
auf Nummer sicher, wie du es immer tatest. Weißt du noch,
wie wir im Auto saßen, langsam durch Newry fuhren
während der Oranier-Parade? Ich machte mich lustig
über ihren dämlichen Aufzug, all die Hüte und Schärpen,
wollte das Fenster öffnen, sie das wissen lassen.
Du hieltst das Auto an und sagtest, ich solle aussteigen,
woraufhin ich die Albernheiten sein ließ und wir
schweigend weiterfuhren bis nach Donegal. Das war
vor 1992. Unsere letzte Begegnung war, glaube ich,

in 2003, in Antwerp. I took a train from Rotterdam to find you sitting outside a bar. I saw your damage, immediately. Was this a pretaste of Limbo? If that's where you are, I need to know – you choose how.

2003 in Antwerpen. Ich nahm den Zug von Rotterdam
und fand dich vor einer Kneipe, sah die Zerstörung
sofort. War dies ein Vorgeschmack auf den Limbus? Falls du
dort bist, so muß ich es erfahren – entscheide du, wie.

No-Man's-Land

(after the artwork of Caspar Walter Rauh)

The dead are putting on a play tonight
(or is it a film?) in no-man's-land. We'd
better attend – though what awaits us?

A bright light appears in the sky, allowing
two corpses to lurch into view, then fall
into the mud, one on top of the other

before rising again to repeat their act.
Is this all, I mutter to myself, at their fourth
go, until they get up and stagger away.

Then a huge creature in big boots dances
past two black crosses, grinning, and booms
out, deafening us, *Ich bin der Kriegsgott.*

At that, a giant screen is fixed to two broken
trees, and is lit from behind, while the other
light is extinguished and we hear gunfire.

This is replaced by the shrieks of a horse
and we see he's been spiked by a branch
while a pair of petrified frogs looks on.

A big man crosses the screen carrying a small
man whose hands and feet have been blown off.
A new explosion is heard not far away.

Niemandsland

(nach den Federzeichnungen von Caspar Walter Rauh)

Die Toten führen heute nacht ein Stück auf
im Niemandsland (oder ist es ein Film?). Wir
sollten wohl zuschauen – aber was erwartet uns?

Ein gleißendes Licht im Himmel, unter dem
zwei Leichname erscheinen, nur um in
den Schlamm zu stürzen, einer über dem anderen,

bevor sie sich erheben, das Ganze wiederholen.
Ist das alles, murmele ich bei ihrem vierten
Durchgang, als sie aufstehen und davontaumeln.

Dann tanzt ein riesiges Wesen in klobigen Stiefeln
an zwei schwarzen Kreuzen vorbei, grinst und donnert
ohrenbetäubend: *Ich bin der Kriegsgott.*

Worauf eine gigantische Leinwand zwischen zwei geborstenen
Bäumen gespannt und von hinten erhellt wird, das übrige
Licht erlischt und wir Geschützfeuer hören.

Dieses wird verdrängt vom Schreien eines Pferdes,
und wir sehen, daß es von einem Ast durchbohrt wurde,
derweil ein Froschpärchen wie gelähmt zuschaut.

Ein großer Mann geht über die Leinwand, trägt einen kleinen
Mann, der Hände und Füße verloren hat. Erneut
ist eine Explosion zu hören, nicht weit weg.

And here is the profile of a man's head hanging
from a tree that a snake's wrapped around.
Now we're shown Death himself, bent over, crying.

Two men are seen looking into a cave, that
seems to be the inside of a body, shining a lantern
without succeeding in finding the giant heart,

and a second pair of men are searching for God
in a church, one craning his neck through a window,
the other straining to lift a corner of the roof.

For the finale, Death appears again, this time
wrapping a ragged cloak around an erect skeleton
as a black bird flies off with something in its gullet.

The screen grows blank. The big light comes on.
We applaud gingerly, and those of us who still can
wend our grateful way out of this no-man's-land.

Und hier der Umriß eines Männerkopfes, aufgehängt
an einem Baum, um den sich eine Schlange windet.
Nun zeigt man uns den Tod selbst, gekrümmt und weinend.

Zwei Männer sind da, die in eine Höhle starren, die
das Innere eines Körpers sein muß - sie halten
eine Laterne hoch, aber können das riesige Herz nicht finden,

und ein zweites Paar Männer sucht nach Gott
in einer Kirche, einer reckt den Kopf durch ein Fenster,
der andere bemüht sich, eine Ecke des Daches anzuheben.

Zum Finale erscheint erneut der Tod, dieses Mal
mit einem Lumpenmantel ums aufrechte Gerippe, während
ein schwarzer Vogel davonfliegt, etwas im Schlund hat.

Die Leinwand wird weiß. Das Deckenlicht geht an.
Wir klatschen vorsichtig, und wer von uns es noch schafft,
begibt sich dankbar auf den Weg hinaus aus dem Niemandsland.

The Mountebank

The bear handled the pogo stick like a pro,
if there are such pros, and I loved
his luminous, purple waistcoat (his only
garment, discounting his copious fur).
Who was the curly-headed boy whistling
the tune that made the bear jiggle
round the lampposts and leap over plants?
And who was the girl with the money bag?

And why was no film camera pointing
at him, and why were no pens scribbling?
Monsieur Baudelaire would have loved him,
Picasso too – remember the *saltimbanques*?
And when the boy did a cartwheel onto
the bear's back the whole crowd roared,
the buses stopped, the taxis beeped, and
the girl conjured up three more money bags.

Der Gaukler

Der Bär bediente den Springstock wie ein Profi,
falls Profis so etwas tun, und ich liebte
seine leuchtende lila Weste (sein einziges
Kleidungsstück, abgesehen vom üppigen Fell).
Wer war der Junge mit Lockenkopf, zu dessen
gepfiffener Melodie der Bär um die Laternen
herumeierte und über die Pflanzen hüpfte?
Und wer war das Mädchen mit dem Geldbeutel?

Und warum war keine Filmkamera auf ihn
gerichtet, warum waren da keine Stifte am Kritzeln?
Monsieur Baudelaire wäre von ihm begeistert gewesen,
Picasso auch – wißt ihr noch, die *saltimbanques*?
Und als der Junge ein Rad schlug, geradewegs den
Rücken des Bären hinauf, da johlte das ganze Publikum,
die Busse bremsten, die Taxis hupten und
das Mädchen zauberte drei weitere Beutel hervor.

LAST POEMS

LETZTE GEDICHTE

Tree Trunks

(after Kafka)

For we are like tree trunks in the snow.
Push them, and they'll start rolling,
it seems, but that doesn't happen
because they're wedded to the ground.
This, too, of course, is an illusion.
Still, they stay piled up where they are.

Baumstämme

(nach Kafka)

Denn wir sind wie Baumstämme im Schnee.
Gib ihnen einen Stoß, schon rollen sie weg,
so scheint es, aber das geschieht nicht,
weil sie im Bunde mit der Erde sind.
Auch dies, versteht sich, ist nur Täuschung. Doch
gestapelt bleiben sie an Ort und Stelle.

Coloured Hair in the Garage

(for John Morehead)

A big man wearing a hat and a bandage
over his right eye beat me to a table in
the Coffee Doc. I found another while a
male doctor walked past with green hair,
then a female doctor with orange hair.
I sipped my espresso, watching doctors
of all ages and sexual orientations hurry
on to their appointments, all with hairs
touched by the rainbow. I saw four blues,
two yellows, three scarlets, three pinks,
and one purple before I stopped counting.
All the doctors in this human garage
were at it. And I could see straight away
what it meant – their hairs were smiles
shoved up to the tops of their heads
which would help them deliver any news.
And if they smiled at the same time, well!
I had to admit it was a canny ploy, one
somebody in the HSE had dreamed up,
and had probably been well paid for.
And we would, of course, cover the cost.
Nodding, I got to my feet to call a taxi.
On the way I saw a sign saying *Karate
for Beginners*. Let me out here, I said.

Gefärbte Haare in der Werkstatt

(für John Morehead)

Ein großer Mann mit Hut und einem Verband
überm rechten Auge schnappte mir den Tisch weg
im »Coffee Doc«. Ich suchte mir einen anderen, während
ein Arzt vorbeilief mit grünen Haaren,
dann eine Ärztin mit orangenen Haaren.
Ich schlürfte meinen Espresso, sah zu, wie Ärzte
jeden Alters und jeder sexuellen Orientierung
zu ihren Terminen hasteten, die Haare allesamt
wie vom Regenbogen gestreift. Ich sah vier blaue,
zwei gelbe, drei scharlach- und drei rosarote
sowie einmal lila, bevor ich das Zählen aufgab.
Sämtliche Ärzte dieser Menschenwerkstatt
waren dabei. Und ich sah glasklar, was
dahintersteckte – die Haare waren ein Lächeln,
nach oben über die Kopfhaut verschoben,
mit dem sie jede Nachricht überbringen konnten.
Und wenn sie gleichzeitig noch lächelten, na!
Ich mußte zugeben, die List war pfiffig, irgendwer
im Gesundheitswesen hatte sich das einfallen lassen
und war vermutlich fürstlich entlohnt worden.
Und wir würden, versteht sich, für die Kosten aufkommen.
Ich nickte, erhob mich und bestellte ein Taxi.
Während der Fahrt sah ich ein Schild, *Karate
für Anfänger*. Lassen Sie, sagte ich, mich hier raus.

The Builder's Singing

(for Kieran Crowley)

The builder is throwing out snatches of song
between his sawing and drilling. I can hear
the sun outside in his voice, also the faint
wingbeats of starlings. The words that reach
me are unfamiliar – has he written them?
Am I to assume he wishes to take his place
on a stage, and this very private recital
is a kind of audition? Well, I'm all for him
bowing out there to rows of wild applause.
More sawing now, and no it doesn't go with
the singing, nor does the drilling that follows.
I could tell him all artists have to deal with this,
the compromise of genius. Should I set up
a secret recording device, then edit out
the machine noise? Radio would see a story
there, one of the people aspiring to more.
I'm certainly going to take a slug of whisky
and tiptoe into the arena of transformation
to stand at his feet with a pen and notebook,
so I can be the first fan to get his autograph.

Gesang des Bauarbeiters

(für Kieran Crowley)

Der Bauarbeiter gibt Fetzen von Liedern zum besten
zwischen dem Sägen und Bohren. Ich höre die Sonne
dort draußen in seiner Stimme, auch die leisen
Flügelschläge der Stare. Die Worte, die zu mir dringen,
sind mir nicht geläufig – hat er sie geschrieben?
Darf ich vermuten, daß er seinen Platz auf der Bühne
anstrebt, daß diese sehr private Aufführung
eine Art Vorsingen ist? Ich für mein Teil bin dafür,
daß er sich vor Reihen von wildem Applaus verneigt.
Erneutes Sägen, und nein, es paßt ganz und gar nicht
zum Gesang, genausowenig das Bohren. Ich könnte
ihm sagen, daß alle Künstler damit zu kämpfen haben –
Kompromisse der Genialität. Sollte ich ihn
heimlich aufnehmen, den Maschinenlärm dann
herausschneiden? Der Rundfunk würde da eine Geschichte
wittern, einen jener Menschen, die nach Höherem streben.
In jedem Fall werde ich einen Schluck Whisky nehmen
und auf Zehenspitzen in die Arena der Wandlungen schleichen,
ihm zu Füßen warten mit Stift und Notizbuch, damit ich
der erste Fan bin, der sein Autogramm hat.

Hook Head

I thought I'd die on Hook Head,
I felt so ropey, and I'd slept precious
little the previous night, but I survived –
I even admired the dumpy, Norman lighthouse,
the oldest in Europe maybe, and I observed
that among the cars parked along the beach
were French camper vans. And I noted with
amusement the sign offering Hook Hypnotherapy –
yes, this was the place for that kind of carry on,
and I was very nearly tempted, but the road
led onward, and the sun beat its slow drum-
roll on the tar, the Dunbrody Abbey maze
failed to capture me, none of the bright,
busy pub gardens lassoed me, all the tractors
of Wexford couldn't slow me enough
to keep me close to Hook Head.

Hook Head

Ich dachte, ich würde sterben auf Hook Head,
so elend fühlte ich mich, hatte auch herzlich wenig
geschlafen in der Nacht zuvor, doch ich überlebte,
bewunderte sogar den pummeligen normannischen Leuchtturm,
den ältesten in Europa vielleicht, und ich bemerkte,
daß unter den Autos, die entlang des Strandes parkten,
französische Wohnmobile waren. Und es erheiterte mich,
das Schild zu sehen, das »Hook Hypnotherapie« anbot –
wirklich, dies war der richtige Ort für solch ein Tamtam,
und ich war drauf und dran, es zu versuchen, doch die Straße
führte mich weiter, die Sonne schlug ihren langsamen Trommel-
wirbel auf dem Teer, das Labyrinth der Dunbrody-Abtei
nahm mich nicht gefangen, keiner der leuchtenden,
belebten Biergärten band mich an sich, sämtliche Traktoren
Wexfords konnten mich nicht so entschleunigen,
daß ich auf Hook Head blieb.

Homage

(for Mary)

A snow leopard cub slinks into the garden
to sit there, silently, looking at the door.
Then he stretches out on the stone path,
his gaze fixed and patient. A black tom-cat
peers through the gate but stays where he is,
and two magpies have a dekko from a wire
but our arctic fellow could be carved out
of quartz, so complete is his indifference.

Yet he's focussed on one imminent event
and you oblige on cue, by opening the door
to stand there in a regal white dress, with an
angled white cambric hat, and white suede
kitten heels set off by crystal ankle bracelets.
The cub is on his feet now and purring, as he
comes to pose beside you, and any garden
gnome would conjure a phone to capture this.

Hommage

(für Mary)

Ein Schneeleopardenjunges schleicht in den Garten,
sitzt lautlos da und sieht zur Tür.
Dann streckt es sich auf dem Steinpfad,
sein Blick geduldig, starr. Ein schwarzer Kater
äugt durch die Pforte, aber bleibt, wo er ist,
zwei Elstern schielen von einem Draht herab,
doch unser arktischer Freund könnte aus Quarz
gemeißelt sein, so vollkommen ist seine Gleichgültigkeit.

Er konzentriert sich auf etwas, das bald eintreten wird,
und du kommst wie auf Zuruf und öffnest die Tür,
stehst da in deinem königlich weißen Kleid, mit einem
spitzen, weißen Batisthut und weißen Wildleder-
Schuhen mit Pfennigabsatz, den Fußkettchen aus Kristall.
Das Junge hat sich erhoben und schnurrt, als es
sich neben dir in Pose stellt, und jeder Garten-
zwerg würde ein Telefon zücken, dies einzufangen.

Phlegm

(for Greg Bradley)

My acupuncturist said *Phlegm is a fucker*
before sticking in needles to help flush him out
and indeed, I found it easier to catch him
over the next few days – my best was a grey
manifestation I should have photographed
and put on a Wanted poster, a wispy, spectral
desperado that was trying to drag me down
as I coughed and retched over a double tissue,
heart racing like a runaway train – the normal
picture that resumed in all its deadening glory
as the acupuncture session faded away.
So attempts to sleep were abandoned while
I descended the stairs to rack my airwaves
without waking anyone, or the film was paused
as I fled to the kitchen and closed the door.
The captures were getting rarer all the time,
and none were clear enough for photographs.
I'd have to go back to my acupuncturist and say
I agree, *Phlegm is a fucker,* can you help me
nail him and clear him out of my chest for good?

Schleim

(für Greg Bradley)

Mein Akupunkteur sagte *Schleim ist ein Scheißkerl,*
bevor er Nadeln hineinstach, die ihn lösen sollten,
und wirklich war es ein paar Tage lang leichter,
seiner habhaft zu werden – mein größter Erfolg war
ein graues Etwas, das ich hätte fotografieren sollen
für ein Fahndungsplakat, ein dünner, geisterhafter
Desperado, der mich in die Knie zu zwingen versuchte,
während ich überm Taschentuch würgte und hustete,
mein Herz wie ein führerloser Zug raste – das übliche
Bild, das zu all seiner betäubenden Pracht zurückfand,
während die Akupunktursitzung zu verblassen begann.
So gab ich die Versuche zu schlafen auf und stieg
die Treppe hinab, um meine Atemwege zu foltern,
ohne jemanden aufzuwecken, oder der Film wurde angehalten,
wenn ich zur Küche floh, die Tür hinter mir schloß.
Die Sichtungen wurden immer spärlicher, und nie
war eine gut genug für ein Foto. Ich würde
zurückkehren müssen zu meinem Akupunkteur, ihm sagen:
Es ist wahr, *Schleim ist ein Scheißkerl,* kannst du mir helfen,
ihn dingfest zu machen, ihn ein für allemal aus meiner Brust scheuchen?

Mouse Sandwich

(for David O'Meara)

After they gave me morphine
following the incident when my heart
stopped for eight minutes and a bunch
of doctors in red suits attached
a loose curtain of coloured wires
to my body, I woke up in intensive care
to later try to sleep again, a very
light, broken sleep, full of weird
dreams. In the first of these
I was eating a sandwich on a riverbank,
and when I was nearly finished I saw
it featured a hairy slice of mouse.
And yes, I gobbled this, and it was good.
The chef was señor Morphine.
I won't tell you about the other dreams.

Maus-Sandwich

(für David O'Meara)

Nachdem man mir Morphium gegeben hatte,
nach jenem Zwischenfall, bei dem mein Herz
acht Minuten lang stillstand und ein Pulk
von Ärzten in roten Kitteln einen losen
Vorhang farbiger Drähte an meinem Körper
befestigte, erwachte ich auf der Intensivstation,
um später erneut in Schlaf zu versinken, sehr
leichtem, unruhigem Schlaf voll seltsamer
Träume. Im ersten aß ich
ein Sandwich am Ufer eines Flusses,
und als ich fast fertig war, sah ich, daß es
mit einer haarigen Scheibe Maus belegt war.
Und ja, ich verschlang all das, und es war gut.
Der Küchenchef hieß Señor Morphium.
Von den anderen Träumen erzähle ich dir nichts.

Ruf der Eule

Zum Tod des irischen Weltdichters
Matthew Sweeney

Was für ein Abenteuer mir entgangen wäre, hätte ich mich Anfang des Jahrtausends nicht bereit erklärt, aushilfsweise die Lesung eines irischen Dichters zu moderieren, dessen Werke mir zwar vertraut waren, den ich persönlich aber zuvor nie kennengelernt hatte. Niemand, das muß als sicher gelten, der mit Matthew Sweeney einmal, und sei es nur kurz, ins Gespräch kam, wird ihn jemals vergessen können, erst recht nicht vergessen wollen; daß sich aber aus unserem Abend in der Berliner Filiale des British Council nicht nur eine professionelle Beziehung zwischen Autor und Übersetzer, sondern eine irisch-deutsche Dichterfreundschaft entwickelte, ist ein Geschenk, das mir bleiben wird.

Ob es sehr irritierend war, bei einem unserer ersten gemeinsamen Abendessen gefragt zu werden, ob mein Pferd vor der Restauranttür stehe und wie es ihm gehe, gleich danach zu hören, wie der hinzutretende Kellner gebeten wurde, dem armen Pferd auf der Straße bitte einen Eimer Wasser zu reichen? Nicht im geringsten, waren doch alle Begegnungen mit Matthew Sweeney auch Audienzen bei einer schier grenzenlosen Imaginationskraft, bei der Fabulierlust eines Mannes, der wußte, daß die Welt nie ist, was sie scheint, und daß man als Dichter eingeladen ist, sie zu verwandeln, mit ihr zu spielen. Sweeneys Gedichte sind unwiderstehliche Einladungen an den Leser, und immer haben sie auch etwas Erzählerisches an sich, erinnern sie an die Schnurre, die spätabends erzählt wird, das »Komm setz dich zu uns und höre«, an das gesponnene Garn, wie es hoch oben in Donegal, in Irlands äußerstem und vom Atlantik umtosten Winkel, wo Sweeney geboren wurde, an dunklen Winternächten schon dem Jungen angeboten worden sein muß. Viele der Sweeneyschen Gedichte haben eine brillante anekdotische Qualität, auch eine dramatische Seite, denn das Schlüpfen in Rollen ist ja eines der Vergnügen dieser Lyrik, und ungezählt sind die Gestalten, denen man begegnet: Ein einäugiger Philosoph in Kathmandu, gleich mehrere furchteinflößende blonde Zwillinge, Ladendiebe im Ruhestand, Friseure und Schatzsucher, Kapitäne und Erhängte, Versicherungsagenten zu Pferd in der Wüste, Kanalbauer und einarmige Kneipenwirte, Pokerspieler und Honighändlerinnen.

Es verwundert nicht, daß ein Mann, der sich in so viele Geschichten und Lebensläufe einfinden konnte, selber auf wundersame Art Gegensätzlichstes in sich zu vereinen wußte, auch was die Einflüsse und Vorlieben angeht, denn Sweeney verehrte Franz Kafka genauso wie Tom Waits, schätze Beckett ebenso wie baltischen Jazz, war voller Neugier auf die Traditionen anderer Länder, reiste, kostete, lauschte. Und so richtig es ist, ihn einen irischen Dichter zu nennen, einen der bedeutendsten Dichter zumal in diesem an Dichtern nicht eben armen Land, so falsch wäre es zu übersehen, daß sich sein Werk aus vielen Quellen speist. Es ist nicht nur die irische, nicht nur die englischsprachige Poesietradition, die anklingt, sondern auch jene Osteuropas, auch Rumäniens, wo er eine Zeitlang lebte. Und die Liebe zu Kafka, aber auch zu Kleist und anderen deutschsprachigen Autoren bewog ihn, in Freiburg zu studieren, später nach Berlin zu ziehen.

Gewiß, man nimmt Irland in Sweeneys Gedichten wahr, findet sogar einen Schweißfleck mit der Form Irlands auf einem Hemd in der Waschküche; man hört von den Fischern, die nicht schwimmen können, von Mönchen, die eine rätselhafte rosa Milch zu sich nehmen, man lernt Pferde auf abgelegenen Inseln kennen, die nicht nur Irisch plaudern, sondern sogar irische Lieder zu singen wissen, herzzerreißende Balladen über rothaarige Frauen, doch sind Matthew Sweeneys Gedichte nie nur der einen Tradition verpflichtet, sie sind vielmehr offen, wie er selbst es war, für die Welt, für die ganze Welt. Auf U-Boote und UFOs stößt man immer wieder, auch auf Krähen, die vielleicht sogar Kafkas Krähen sein mögen, jene Krähen, die einen ganzen Himmel zerstören können; man lauscht aber auch einer absurden Geschichte der Glasbläserei, sieht die Haare sämtlicher Friseurgeschäfte Chinas auf die Erde rieseln, erfährt, wie es ist, in einem Kohlkopf zu leben und einen Elefanten zu bestatten. Wenn im Schloß des Teufels ein würziges Ziegencurry auf dem Herd steht und duftet, dann hat man Sweeneys Reich bereits betreten – wie, nebenbei bemerkt, das Essen keine geringe Rolle spielt in seiner Lyrik, des öfteren auch eine gute Flasche Wein zwischen den Versen entkorkt wird, daß es knallt, was nur folgerichtig ist, war doch Sweeney selber ein Feinschmecker und ein hervorragender Koch, der sich um das Wohl seiner Freunde zu kümmern wußte.

Wirklich, man durfte sich nicht täuschen lassen von dem mitunter rauhen Äußeren, denn immer, wenn ein Knurren zu hören war, sah man zugleich ein Blitzen in den Augen. Jedes einzelne von Sweeneys Barthaaren war ein Sensor für das Wunderbare, und nichts wäre fataler gewesen, als wegen einer schroffen Wendung zu übersehen, daß Matthew Sweeney als Dichter wie als Mensch sich den Dingen mit größter Zärtlichkeit zuwandte, ja, daß er selbst von großer Empfindsamkeit war, allen Kleinigkeiten zugeneigt und allen Wesen, auch in seinen lyrischen Widmungen, all den Toten, zu denen er sich nun selber hinzugesellen muß, in den Gedichten auf den verstorbenen Vater, auf die Schwester (man lese nur sein wunderbares Gedicht »Little Flower«, »Kleine Blume«, das ihr zugedacht ist!), auf Seamus Heaney und Denis O'Driscoll, um nur einige zu nennen.

Der Geisterwelt war er immer zugetan, dem unheimlichen Zwischenreich, man trifft in seinem Werk auf Geisterköche und Skelette, auf saufende Zwerge, die an Kronleuchtern schwingen, und auch im Gespräch konnte Matthew vollkommen überzeugend von seinen eigenen, womöglich nur gut erfundenen Gespensterbegegnungen berichten. Jedes Gedicht vollbrachte jedoch das Kunststück, daß sich gleichzeitig die Haare sträubten und man zum Lachen gereizt wurde. Ja, Sweeney hatte stets ein Faible für das Morbide, für jenen Koch zum Beispiel, der aus dem Grab zurückkehrt, um noch einmal, ein letztes Mal das Hackebeil zu schwingen. Aber wie erschüttert liest man nun ein Gedicht wie »An End« aus dem Band *The Bridal Suite* von 1997, einem von vielen erstaunlichen Büchern: »I want to end up in Inishtrahull/ in the small graveyard there/ on the high side of the island«, erklärt der Dichter da und listet seine Wünsche auf: Ein Helikopter als letztes Transportmittel solle es sein, begleitet von zwanzig Schnellbooten, dann Thaigerichte für alle und kühles Bier, aber keine Blumen bitte, nur Kakteen auf dem Grab, sowie einen Grabstein aus Glas. Und ebenso verstörend ist ein Blick auf sein Gedicht »Ich will nicht alt werden«, das er vor einem Jahr, als die ersten Symptome der furchtbaren Krankheit sich zeigten, aus dem Programm nahm, während wir noch lesend, seine neuen Bücher präsentierend, durch Deutschland und Irland reisten – denn mehr als 65 Jahre hätten es doch sein dürfen, sein müssen. Mit welcher Würde und mit welch schönem Trotz er dennoch weiter tat, was er tun mußte, war ergreifend; wie er sich mit einer abermals gesteigerten Schreibtätigkeit wehrte gegen das, was seinem Körper mehr und mehr zu schaffen machte. Man hätte angesichts dieser Unbeugsamkeit wetten mögen mit ihm, der selbst gelegentlich auf Pferde wettete (ich habe das Geld auf »The Last Samurai« nie gesetzt, was ich nun bereue), daß er noch viele Jahre leben würde, daß man noch so manche Nacht mit Gesprächen zubringen dürfte, ganz wie noch vor nicht einmal einem halben Jahr im irischen Galway, als er auf meine schüchtern vorgebrachte Frage, ob wir wirklich noch eine weitere Flasche Rioja bestellen sollten, grimmig antwortete: »I'll be dead long enough!«

Mit der deutschen Wendung »Alles Gute« pflegte Matthew Sweeney seine englischen Briefe gelegentlich abzuschließen, aber nichts scheint mehr gut. Am vergangenen Sonntag haben die Poesie, die Güte, der herrliche Irrwitz, die Herzlichkeit und die allesverwandelnde Phantasie einen ihrer staunenswertesten Botschafter auf Erden verloren, aber irgend etwas drängt mich, die Möglichkeit zuzulassen, daß Sweeney, irischer Dichter von Welt, doch noch überraschend um die Ecke biegt, aus dem Zug steigt, wie immer mit schmalstem Gepäck, daß er die Restauranttür öffnet und fragt: Und, wo ist es denn nun, dein Pferd?

5. August 2018

Inhalt

Vom ersten Vers dieses Bandes an ist klar: Hier schreibt ein Dichter um sein Leben. Mit seiner Gabe, auf kleinstem Raum haarsträubende Geschichten zu erzählen und Gegenwelten zu erschaffen, hält sich Matthew Sweeney, der 2018 verstarb, poetisch den Tod vom Leib, indem er ihn bei den Hörnern packt. Feindselige Eulen, unsichtbare Feinde sind ihm dicht auf den Fersen, und der Mann auf der Flucht muss immer neue Höhen seines Witzes und Einfallsreichtums erreichen, um ihnen zu entkommen. Mit diesem letzten Band verabschiedet sich Sweeney als einer der bedeutendsten Lyriker Irlands. In ihrer ungewöhnlichen Kraft und bleibenden Schönheit sind diese Gedichte ein Triumph über den Tod.

MATTHEW SWEENEY wurde 1952 in Donegal, Irland, geboren und starb 2018 in Cork. Er war einer der bedeutendsten irischen Lyriker seiner Zeit. Auf Deutsch erschienen von ihm *Rosa Milch* (2008) und *Hund und Mond* (Hanser Berlin, 2017), beide in der Übersetzung von Jan Wagner.

JAN WAGNER, 1971 in Hamburg geboren, lebt in Berlin. Für sein lyrisches Werk erhielt er u. a. den Georg-Büchner-Preis. Von ihm ins Deutsche übertragen, erschien zuletzt *Mein Leben im Schlaf* (2020) von Jo Shapcott.